最後の晩ごはん

小説家と冷やし中華

椹野道流

角川文庫
18974

イラスト／緒川千世

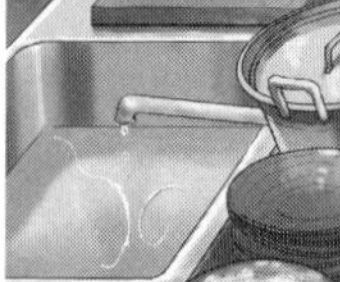

お店紹介「ばんめし屋」 ★★★★★

芦屋にある、知る人ぞ知る名店。店長の夏神がその腕をふるっている。営業時間は日没から日の出まで。メニューは日替わりで一種類のみ。その味に惚れ込み、常連になる客は数多い。

登場人物

五十嵐《いがらし》海里《かいり》

元イケメン俳優。情報番組の料理コーナーを担当していたが……。

夏神《なつがみ》留二《りゅうじ》

定食屋「ばんめし屋」店長。ワイルドな風貌。料理の腕は一流。

淡海《おうみ》五朗《ごろう》

小説家。高級住宅街のお屋敷に住んでいる。「ばんめし屋」の上顧客。

ロイド

眼鏡の付喪神。海里を主と慕う。夜だけ人間に変身できる。

プロローグ

「何とか言ったらどうなのよ！　あなたは何の弁解もしないつもり？　謝らないつもり!?」

　フローリングの床にぺたりと座り込み、悲鳴じみたヒステリックな声で叫んでいるのは、まだ若い女性だ。

　長い髪をうなじで一つに結び、ややオーバーサイズのスウェットシャツとチェック柄の細身のパンツを身につけている。

　化粧はごく薄く、頬はとめどなく流れる涙で濡《ぬ》れていたが、それでも彼女は驚くほど美しかった。

「弁解も謝罪も、僕にはする理由がない。そもそも君がそんな風に僕を疑ってるのは、本当に僕の行動だけが原因かな。君が過去に、こういうシチュエーションで男を裏切った経験があるからこそ、勘ぐるんじゃないの？」

　彼女の前に立ち、冷ややかな声で言い返す長身の男性も、驚くほど整った顔をしている。年齢は彼女より一回りほど年上で、すらりとした身体に仕立てのいいスーツが嫌味なほど似合っていた。

「あなたは私のこと、そんな女だと思ってたの⁉」

「どんな女だって、いや、どんな人間だって、そんなものだろう。誰でも、自分の経験を踏まえて、他人の行動の意味を推し量るんだ」

「私はそうじゃない！　絶対に、あなたみたいに不誠実なことはしないわ！」

一組のカップルが深夜、マンションの一室で繰り広げる口論。

赤の他人の極めてプライベートな光景を、淡海五朗《おうみごろう》は少し離れた場所でパイプ椅子に腰掛け、じっと見守っている。

女がどれほど感情的に非難の言葉を吐き出そうと、男は冷淡な姿勢を少しも崩さない。

やがて、女の身体を支えていた細い腕から少しずつ力が抜け、彼女は、泣きながらゆっくりと床に倒れ伏す。

……と。

息をするのも忘れて二人の修羅場に引き込まれていた淡海の意識は、「カット！」の声で現実に引き戻された。

途端に、周囲のすべてがガラリと違う時間軸、違う空気で動き始める。

急に屈託のない笑みを浮かべ、床に座り込んだ女に手を差し伸べる男性。その手を取り、何ごともなかったかのように軽い足取りで立ち上がる女性。

差し出されたタオルで顔を拭《ぬぐ》えば、そこにあるのはつるんとした笑顔だ。

飛び交う怒号にも似た指示や、ガタガタと物を動かす音、さざ波のようなざわめきや笑い声。

「……ああ……」

そんな周囲の活気から完全に取り残された淡海は、思わず低い溜《た》め息を漏らした。

その痩《や》せた肩が、ポンと気安く叩《たた》かれる。

いつの間にか傍らに立っていたのは、こざっぱりした身なりの、愛想のいい中年男性だった。

「淡海先生、お疲れ様でした。今日の収録は以上です」

「ああ……そうですか。お疲れ様です。見入ってしまって、時間を忘れてました」

淡海はようやく夢から覚めたように言葉を返し、立ち上がった。

淡海の職業は、小説家である。

デビューして十年あまり経つが、これまでは、どちらかといえば玄人受けする小説だという評価を受け、あまり世間の注目を浴びることはなかった。

ところが編集者の強い要請で、本人的にはしぶしぶ書いた初めての恋愛小説が妙に売れ、ついにテレビドラマ化されることになったのである。

淡海自身、晴れがましい場所が好きではないのだが、今回は原作者である以上、知らん顔を決め込むわけにはいかない。やむなく自宅のある兵庫県芦屋《あしや》市から上京し、とある放送局のスタジオへ収録現場見学にやってきたというわけだった。

今、彼に話しかけてきたのが、番組のプロデューサーだ。

その横には、出版社の担当編集者の男性が、興奮の面持ちで立っている。主演女優の大ファンらしいので、間近で見られて嬉《うれ》しくてたまらないのだろう。

「原作者の淡海五朗先生がいらっしゃいましたー！」

淡海が椅子から立ち上がるのを待って、プロデューサーは大声を張り上げ、手を叩いた。

それに呼応して、皆、動きを止め、スタジオのあちこちから拍手を送る。

さっきまで迫真の演技をしていたカップル役の主演俳優たちも、晴れ晴れした笑顔で近寄ってきた。

「はじめまして、淡海先生！　ようこそ撮影現場へ」

そんな歓迎の言葉と共に、ヒロイン役の女優が淡海に花束を差し出す。

何もかも、普段は自宅に籠《こ》もって執筆三昧《ざんまい》の作家にとっては、目新しく、戸惑うことばかりである。

「あ……ど、どうも。その、どうもすいません」

すべてが眩《まぶ》しくていたたまれない、場違いで申し訳ないという我ながら謎めいた感情を持て余し、淡海はぎこちない笑みを浮かべてあちこちに頭を下げながら、意味もなく「すいません」を連発するしかなかった。

やがて俳優やスタッフへの挨拶《あいさつ》を終え、淡海は編集者と共にスタジオを後にした。

これで義理は果たした、家に帰ろう……ホッとした思いで殺風景な通路を歩いていると、編集者は明るい笑顔でこんなことを言い出した。

「先生、せっかく東京まで来てくださったんですから、せめてお昼ご飯でも。ちょっと時間は遅くなりましたけど」

「いや、そんな気遣いは……」

淡海は、困惑の面持ちでその申し出を断ろうとした。

何しろ彼は好き嫌いが多いほうだし、食も細い。よほど断れない事情がない限り、気心の知れた相手以外とは食事を共にしないようにしているのだ。

しかし編集者は、淡海が遠慮していると思ったらしく、こんなことを言った。

「先生にかこつけて、僕もちょいと贅沢《ぜいたく》したいんですよ。銀座にね、ちょっと凄《すご》い冷やし中華を食わせる店があるんです」

「……冷やし中華？」

淡海の痩せた頬が、ピクリと動く。編集者は、自分の発言が淡海の興味を惹《ひ》いたと感じて、いっそう勢いづいた。

「ええ、麺《めん》にほうれん草を練り込んであるんで、綺麗《きれい》な緑色をしてるんですよね」

「ああ、翡翠《ひすい》麺」

「あっ、それそれ。さすが詳しいですね！　そこに海鮮を、海老《えび》だの蟹《かに》だのクラゲだのを豪快に載っけて、仕上げに綺麗なイクラをてっぺんに……」

「それは豪勢だな」

淡海は相づちを打ったが、その声が妙に沈んでいるのに気づき、調子よく喋《しゃべ》っていた編集者は訝《いぶか》しそうに話を中断する。

「淡海先生？　もしかして海鮮は苦手でした？」

「ああ、いえいえ。そういうわけじゃないんですけどね。冷やし中華が、ちょっと」

編集者は目を丸くした。

「まさか、冷やし中華がお嫌いで？」

まるで、世界には冷やし中華が嫌いな人など存在するはずがないと言いたげな口調と表情に、淡海は苦笑いで弁解する。

「いえ、決して嫌いじゃないんです。ただ……ちょっとした理由があって、食べる気がしなくて」

「ああ、そうですかあ。残念。じゃあ、何か他の」

「すみません、せっかくのお誘いですけど、僕、帰ります。失礼します。今日はありがとうございました」

そう言い終えないうちに、淡海は軽く頭を下げ、再び歩き始めていた。背中に編集者の戸惑いの視線を感じつつ、彼は足早に歩き続け、決して振り返らなかった。

「……ふう」

エレベーターに乗り込んだ淡海は、小さな溜め息をつき、冷たい壁にもたれかかった。見下ろした手のひらは、じっとり汗ばんでいる。建物の中は寒いほど空調が効いているので、決して暑さのせいではない。

（まだ、冷やし中華と聞くだけで、僕はこんな風になってしまうんだな）

思わず俯《うつむ》いた彼の鼻を、優しい香りがくすぐる。

さっき女優に手渡された花束の中に、フリージアが数本交じっているからだ。

（僕の小説がドラマになるなら……画面の中には、お前がいてほしかった。この花束は、お前からもらいたかったよ）

四十男には可愛らしすぎる花束を見つめながら、淡海は心の中でそう呟《つぶや》いた。そしてささやかな癒《い》やしを求めるように、フリージアにそっと鼻を近づけた……。

一章　遠方より友来《きた》る

「ただいまっす。うおおおあっちい！　外、鬼暑いよ夏神《なつがみ》さん！」

大きなエコバッグを肩に掛けた五十嵐《いがらし》海里《かいり》は、店の引き戸をガラリと開けるなり大袈《おおげ》裟《さ》な調子でそう言った。

カウンターの中で仕込み作業をしていた店主の夏神留二《りゅうじ》は、くしゃっと笑って挨拶を返し、冷たいおしぼりを一つ、海里に放り投げた。

「おう、お帰り、お疲れさん。ホンマに汗だくやな。まあ、汗拭《あせふ》いて涼めや」

「お疲れた～。ったく、梅雨も明けてないのに、何だよこの蒸し暑さ」

ぼやきながら、海里はカウンターにドサリとバッグを置いた。受け取ったおしぼりで、頭から首筋にかけてゴシゴシと拭《ふ》く。それだけでは飽き足らず、彼はコットンシャツの裾《すそ》をバタバタさせて風を入れようとした。

クーラーは緩めにかかっているが、それだけでは身体にこもった熱を追い出しきれないらしい。

夏神はカウンター越しに、大きく開いたバッグの中身を覗《のぞ》き込んだ。見えるのは、瑞々《みずみず》しいキャベツやピーマン、それに真っ赤に熟れたトマトといった野菜類である。いずれも夏神にお使いを頼まれた海里が、JR芦屋駅近くの、有機野菜を扱う小さな店で購入してきたものだ。

「ふー、生き返った」

客席の椅子を引き、どっかと腰を下ろした海里は、夏神がごつい手で一つずつ取り出す「戦利品」を満足げに眺めた。

かつては人気芸能人だった海里が、若い女優とのスキャンダルが原因で芸能界を追放されたのは、この春のことだった。

故郷の神戸市へ戻ってきたものの、実の兄と口論になり、実家に身を寄せることすらできなくなった彼だが、偶然出会った夏神に拾われ、彼が経営する「ばんめし屋」の住み込み店員になった。

それからもうじき三ヶ月が経とうとしている。

阪神《はんしん》芦屋駅近くの芦屋川沿い、さらに教会と警察署に挟まれるというユニークな立地条件の「ばんめし屋」は、その名のとおり、晩飯……もとい、夕食や夜食の時間帯のみ営業する、風変わりな定食屋である。

具体的に言うと、店を開けるのは午後六時頃、暖簾をしまうのは、たいてい始発電車が走り出す午前五時頃だ。

もともと夏神がひとりでやっていた店なので、メニューは税抜き千円の日替わり一種類だけしかない。その日替わりの献立も、買い出し先の特売事情や夏神の気分で、当日の夕方までに決まるという緩い経営方針である。

芸能人時代は、朝の情報番組で料理コーナーを担当していた海里だが、実際の料理の腕は素人に毛が生えた程度で、定食屋の即戦力にはとてもならない。

それでも彼は、誰かのために心をこめて料理を作ること、そしてそれを食べた人が「美味《おい》しい」と喜んでくれることの幸せを夏神の店で再確認し、改めて、基礎から彼に料理を教わる決意をしたのである。

芸能人時代は決してしなかった買い出しや下ごしらえ、接客といった地味な仕事にもすっかり慣れ、茶色く染めて長めにしていた髪も、黒に戻して短く刈り込んだ。

時々、店に来る客に「五十嵐カイリに似ている」と言われることはあるが、皆、「似ている」どまりだ。

まさか数ヶ月前までテレビに出ていた人物が、兵庫県の小さな街の、これまた小さな定食屋で仕事をしているなどとは、誰も夢にも思わないのだろう。

夏神も、必要なときは「イガ」と短く呼ぶだけで、ごくさりげなく、海里の名を口にしない気遣いをしているようだった。

その夏神は、バッグから取り出したトマトの大きさと赤さに感心しながら、海里に言葉を返した。

「梅雨はなあ……今年もアレちゃうか、『この辺りで実は梅雨明けしてました』っちゅう、後出しジャンケンみたいな梅雨明け宣言」

「そういや、去年そうだっけ。あれ、何だかピシッとしないから嫌だよな」

「ピシッと？」

「本日梅雨明けしましたって言われたら、よっしゃ明日《あした》から夏だって思うじゃん？」

「そういうもんか……ん？　これは何や？」

夏神は、バッグの中に、自分が頼んでいない品を見つけて太い眉《まゆ》をひそめる。海里は、弾みを付けてよいしょっと立ち上がり、答えた。

「あ、花ズッキーニが入ってるだろ。おまけだってさ」

海里の一言に、夏神の眉根《まゆね》がさらにギュッと寄る。大きな手が、花ズッキーニとおぼしきものが六つほど入ったビニール袋をつまみ出した。

なるほど、ほんの小さな……中指ほどのズッキーニの実の先に、それよりうんと大きな黄色い花がついている。

「おいおい、こんなんもろてきて、どないすんねん。俺はこんな小洒落《こじゃれ》たもん、使うたことあれへんぞ。ズッキーニって、この実んとこがでっかく育ってから食うんと違うんか？」

軽い足取りでカウンターの中に入った海里は、困惑気味の夏神の手から花ズッキーニを奪い取り、ちょっと得意げに胸を張った。

「へへー、こういうお洒落《しゃれ》食材は、俺のほうが詳しいんじゃね？　花ズッキーニってのは、ズッキーニの花がしぼまないように、朝のうちに収穫しなきゃダメなんだ。しかも花びらはすぐ駄目になるから、チョッパヤで料理しなきゃいけないわけ」

「ああ、そんでこんな時間まで売れ残ったから、おまけっちゅうわけか」

「そういうこと。この時期、ズッキーニは馬鹿みたいに採れるんだってさ。だから、間引きがてらこうして早々と摘んじゃうんじゃないかな」

　夏神は、腕組みしてううむと唸《うな》る。

「なるほどなあ。せやけど、花なんか食うて旨《うま》いんか？　味、あるんかいな」

「んー、まあ、花びらが凄《すご》く旨いかって言われりゃ、そうでもないんだけど。一年のうち、ちょっとの間だけ食べられる珍味的な扱いだと思う」

　そう言いながら、海里は綺麗《きれい》に手を洗い、花ズッキーニをシンクに置いた。

　繊細な花びらを慎重に開いてめしべを取り除き、中に土や虫が入り込んでいないかを一つずつ確かめ、実の部分を軽く水洗いする。

「俺さ、前、テレビの料理コーナーで、こいつを料理したことがあるんだ。確か、下ごしらえはこう。フードコーディネーターの助手が、せっせとやってた」

　夏神は感心した様子でふむふむと海里の手元を覗き込む。

「しべは食われへんのか。ほんで？　それをどないして食うんや？」

「それなんだけどさ。こいつを食うなら、これを使うのが手っ取り早いと思って買ってきちゃった。頼まれてなかったけど、夏神さんの財布しか持ってなかったし……」

そう言って海里が取り出したのは、袋入りのモッツァレラチーズとアンチョビの缶だった。

夏神は呆《あき》れつつも面白がっている顔で、ひゅうっと口笛を吹いた。

「出た、お洒落食材アゲインや！　余分の買い物は、今日に限ってはかめへん。俺にとってはええ勉強になる。何や、イタリアンにするんか？」

「そ。イタリアじゃ、花ズッキーニをよく前菜に使うらしいよ。フードコーディネーターの受け売りだけど」

「へえ。それをどないすんねん？」

「すっげ簡単。これなら素人にも簡単にできるんだ。アンチョビの缶を開けて、モッツァレラをサイコロに切って、あとは花ん中に適当に詰め込むだけ」

「はー、そら確かに簡単や」

「だよ。花びらを破らないことと、欲張って詰めすぎないことがポイントかなっ。あ、なんかちょっと口調が昔の俺になった。今のカットな」

テレビ番組で、料理男子を気取って料理をしていた頃の自分を思い出し、海里は照れ隠しのようにぶっきらぼうな口調になる。

気まずげな、しかし涼しく整った横顔に、かつての海里の華やかな姿が何となく想像できる。夏神はニヤニヤしながら、海里の肩のあたりを小突いた。

「そのいきった口調はともかく、その頃より、手際は数段ようなっとるやろが。俺のご指導のおかげで！」

「あー、確かに。前にテレビでやったときは、番組で俺が詰めた奴はさりげなく引っ込められて、実際に揚げたのは、前もって専門家が準備した奴だったもんなあ。はは、格好悪《わり》ぃ」

自嘲《じちょう》めいた笑みを浮かべつつ、海里は次々とズッキーニの花に具を詰めていく。夏神は、揚げ油の入った深鍋《なべ》に視線を向けた。

「それをどない料理すんのかと思ったけど、今の話やと、揚げるんか？」

「そう。花ズッキーニのフリット」

「かーっ、名前までお洒落かい。まあええわ、火ぃ、点《つ》けとくで。温度は？」

「高め……二百度近くていい。ホントはオリーブオイルがいいけど、まあいいや」

「贅沢《ぜいたく》言うなや。サラダオイルは何でも揚げられる優秀な油やぞ」

笑ってそう言いながら、夏神は油の鍋を火にかけた。

「確かに。さて、ビール……は勿体《もったい》ないし、ええと……あ、昨夜、梅酒ソーダ割りに使った炭酸水、まだあったな。あれでいいや」

海里は独り言を言いながら、冷蔵庫を開け、炭酸水が入ったガラスのボトルを取りだした。それで小麦粉を溶き、ゆるい衣を作る。

夏神は、いつもと立場が逆転していることが面白いらしく、助手のように泡立て器を渡したり、菜箸《さいばし》を差し出したりと甲斐甲斐《かいがい》しく動き回る。

「なんや、天ぷらか」

「フリット！　そこは譲れねえ。水じゃなくて炭酸水を使うから、衣が表面さくっ、中ふわってなるんだよ……って、聞いた」

「はー、なるほどなあ」

「おやつの時間だけど、おやつっていうには肴《さかな》系過ぎるなあ。ま、いっか」

クスッと笑って、海里は具が漏れないように花の先端を捻《ねじ》ってしっかり閉じ、衣を絡めて油に入れた。溶けたチーズが流れ出さないように高温でからりと揚げて、夏神が差し出してくれたバットに次々と並べていく。

「おお、ええ匂いがすんな。これ、どないして食うんや？　このまま齧《かじ》るんか？」

「それでもいいけど、そうすっと花を食べ終わった後の実が退屈な感じになるだろ。俺は皿に載っけて、ナイフで切って、花んとこと実んとこを一緒に食うのが好き」

「ほな、俺もそうしてみよか」

未知の料理を試食するのが楽しくて仕方がないのだろう、夏神は明らかにウキウキした様子で皿を出してきた。

「まずは一個ずつ……」

海里が菜箸で、フリットを二枚の皿に盛り分けたところで、彼のシャツのポケットから、不意に声がした。

けだ。

『我が主《あるじ》、僭越《せんえつ》ながら』

低くて豊かな、男の声である。

だが、海里のポケットに入っているのは、やけにクラシックなセルロイドの丸眼鏡だけだ。

そう、声の主は、まさにその眼鏡である。

ある春の夜、海里が配達の帰りに茂みの中から拾い上げた古い眼鏡には、元の持ち主に大事にされたためか、魂が宿っていた。

夜は人間の姿に化けることができるが、昼はこうして喋《しゃべ》ることしかできないその眼鏡は、命の恩人である海里を新たな主と勝手に定めてしまった。

せっかく助けたものを、魂があると知った上でまた捨てるには忍びず、やむなく主従関係を受け入れた海里は、彼を「ロイド眼鏡」から取って「ロイド」と名付け、こうして常に身につけているというわけだ。

「何だよ」

海里はちょっと意地悪な笑みを浮かべて、すっかり慣れっこの様子で、眼鏡の呼びかけに応じる。

『それはその、後ほど、電子レンジで、何と申しましたか……そう、チン、すれば食しうるものでありましょうや』

ロイドの慇懃《いんぎん》な言葉使いから、どうしようもなく「食べたい」という気持ちが溢《あふ》れ出している。眼鏡のくせに、この「付喪神《つくもがみ》」は結構な食いしん坊なのだ。

「まあ、揚げたてにはかなわねえし、ちょいチーズとか出て来ちゃうかもしれないけど、食えることは食えると思う。何、お前、これ食いたいの？」

ロイドの気持ちを察していながら、海里はわざと冷ややかに問いかける。

『は、あ、いえ、一本などと厚かましいことは申しませんよ。ほんの端っこだけで結構でございます。ええ、そのお花の部分をただ一口だけで』

「ばーか。こんなの、端っこを残すほうが難しいよ。一本置いといてやるから、夜、店を閉めてから食えよ」

海里がつい噴き出しながらそう言うと、ロイドの声がたちまち弾んだ。

『おお、さすが我が主、まことの紳士らしく度量が広くていらっしゃいま……』

だが調子のいい賛辞は、途中でふつりと途切れてしまう。海里がおやと眉《まゆ》をひそめたとき、引き戸が開いて、誰かがぬっと店に入ってきた。

当たり前だが、眼鏡に魂が宿り、喋ったり化けたりするなどということは、まったく一般的でない。だから今のところ、ロイドのことは海里と夏神だけの秘密にしてある。

店に客がいるときには、ロイドは決して人間の姿に化けないし、滅多に声も出さない。やむを得ず喋るとしても、海里にだけ聞こえるようなヒソヒソ声だ。

「すいません、うち開店は夕方なんで昼間はやってな……あっ、先生」

いつもの決まり文句を口にしかけた海里は、相手の顔を見るなり驚きの声を上げた。

「やあ、ちょっと近くまで来たものだからご挨拶《あいさつ》にね」

間の抜けた、人のよさそうな笑顔で立っている長身の男は、常連客のひとり、小説家の淡海五朗だったのである。

現在四十三歳独身の淡海は、山手の古い豪邸にひとり暮らししており、「健康のための長い散歩」と称して、深夜、「ばんめし屋」に夕食を摂りに来る。

また、執筆作業が切羽詰まってくると、特別に海里が出前をすることもあり、淡海は店主の夏神だけでなく、海里ともすっかり親しい間柄になっていた。

今日の淡海は、癖のある髪をそれなりに撫《な》でつけ、ちゃんとアイロンのあたったコットンシャツに麻のジャケットを着ている。いつもよりはずいぶんときっちりした身なりだ。それでも、全身からふわりと煙草の匂いがするところは普段どおりなのだが。

「先生、ちょうどええとこに。今、イガが小洒落《こじゃれ》た料理を作ったとこですわ。一緒にどうです？」

夏神はどこか誇らしげに、カウンターの中から自分の皿を淡海に差し出す。淡海は意外そうに、肩から提げていたクーラーバッグをテーブルの上に置き、カウンターの椅子に腰掛けた。

「へえ、何をご馳走《ちそう》してくれるのかな。ん？　これは……キュウリの天ぷら？」

「花ズッキーニのフリットです！」

力強く訂正しながら、海里はグラスを三つ出し、冷蔵庫から冷えた麦茶を出して注ぎ分けた。一つを淡海の前に置き、皿の脇に、定食屋では滅多に出すことのないナイフとフォークをセットする。

「おや、ここでそんなものが出てくるなんて。何だか『ばんめし屋』じゃなく、リストランテに来たみたいだね。じゃ、いただきます。旬の味覚だなあ」

淡海は二人に注目され、ちょっと照れながらも、見た目の冴《さ》えなさからは予想もつかない優雅な手つきで、フリットにナイフを入れた。

海里が説明しなくても、さっき彼が言ったように、ごく当たり前のように実の部分を切り分け、花びらととろけたモッツァレラチーズ、それにアンチョビの小片を一緒に口に運ぶ。実に優雅な食事作法だ。

上品なポーションの一口をゆっくり味わって、淡海は微笑んだ。

「うん、美味《おい》しく揚がってる。イタリアの大衆食堂で食べたのと同じ味だよ」

「えっ、先生、イタリアに行ったことがあるんですか？」

驚く海里に、淡海は笑顔のままで頷《うなず》く。

「うん、一度だけ、小説の取材にね」

「あ、なるほど」

納得する海里をよそに、夏神も、もう一枚皿を出してきて、淡海に倣ってフリットを切り分けた。

「イガがイタリア人ばりの料理を作ったんやったら、俺も熱いうちに食うとかな。お、なかなか乙な味やな！　せやけど、これを食うのに麦茶は殺生やで。どう考えてもビールやろ！」

頬張るなりそんな嘆きを口にした夏神に、淡海もすぐさま同意する。

「だよねえ。さもなくば、キリッと冷えた白ワインを一杯って感じかな」

「俺は超ヒエヒエのチューハイっすね。んー、もうちょっとアンチョビ入れてもよかったかな。ちょいパンチが足りないかも」

海里も、自分の料理の出来映えを確かめつつ、そんな不満を口にする。だが夏神は、きっぱりとそれを否定した。

「いんや、これは前菜なんやろ？　ほな、このくらいがええ。一口目でそないきつい味のもん入れてしもたら、他の料理の味がぼけてまう」

「確かにマスターの言うとおりだ。優しい味で、僕は好きだよ。ご馳走様……って、思いがけないおもてなしに、本来の用事を忘れるところだった。危ない危ない」

そう言いながら、淡海はテーブルに起きっぱなしだったクーラーバッグを自分の膝《ひざ》に載せた。

夏神と海里は、顔を見合わせる。

「本来の用事て、通りかかった以外に何ぞあるんですか？」

怪訝《けげん》そうに問いかけた夏神に、淡海はバッグからガサガサと新聞紙の包みを取り出した。

「いや、たびたび出前で迷惑をかけてるからさ、これ、差し入れにと思って。保冷剤を入れてあるから、まだ溶けてないと思うんだよ」

それを見るなり、海里は弾んだ声を上げた。

「あっ、もしかして、鈴木《すずき》商店ですか⁉」

淡海も笑みを深くする。

「ご明察！　よくわかったね」

淡海がガサガサと新聞紙を開くと、現れたのは八本のアイスキャンデーだった。小振りの一本ずつが、今どき珍しい、白くて薄い紙に包まれている。持ち手も、これまた昔懐かしい、平べったい木製の棒だ。

夏神は、不思議そうに首を捻《ひね》った。

「鈴木商店？　そのアイスキャンデーを作っとる店ですか？」

「作って売ってる店。今は冷菓だけだけど、ちょっと前まで食堂だったんだよ。凄《すご》く昔からある店なんだけど、マスターは行ったことないの？」

いかにも意外そうに淡海に問われ、夏神は決まり悪そうにかぶりを振った。

「や、知らんです。もともと土地の人間《もん》やないんで……芦屋ですか？」

それに答えたのは、海里だった。

「違うよ、俺の実家がある岡本《おかもと》のほうが近い。夏神さん、十二間《じゅうにけん》道路は知ってるだろ？」

「おう。岡本駅の近くをどごーんと南北に走っとる、ぶっとい道路やろ?」

「そうそう。その十二間道路をずーっと下っていって山手幹線とぶつかる、田中《たなか》交差点の山側にあるんだ。ペンキででっかく『味覚の王座　鈴木商店』って書いてあるから、すぐわかるよ」

「へえ。『味覚の王座』とは、なかなか言いよるな。さすが老舗《しにせ》や」

感心したような顔で頷く夏神に、淡海も、常に飄々《ひょうひょう》としている彼にしては珍しく、やや熱の籠《こ》もった口調で言った。

「一度行ったほうがいいよ。さっきも言ったけど、以前は大衆食堂でね。僕は子供の頃、叔父《おじ》の家を訪ねたとき、そこの中華そばを食べに連れていってもらえるのが、最高の贅沢《ぜいたく》だったんだ」

海里はパチリと指を鳴らす。

「あ、もしかしてその叔父さんって、淡海先生が今住んでる、あのばかでかい家を遺《のこ》してくれた叔父さんですか?」

「そうそう、あの叔父。母の弟なのに、母より先に亡くなってしまった。独身だったせいか、やけに僕を可愛がってくれてねえ。遊びに行くと、決まって鈴木商店で食事をしたもんだよ」

懐かしそうにそう言って、淡海は深い溜《た》め息をついた。

「ああ、失われしあのラーメン。あっさりと澄んだ醬油《しょうゆ》スープにごく普通の中華麵《めん》、そして薄切りのチャーシューとメンマ、茹《ゆ》でモヤシと刻みネギ。まさに、僕の理想のラーメンなんだよねえ。最近じゃ、ごく普通のはずのそんなラーメンが、かえって見つけにくい。変な世の中だよねぇ。背脂だの海老《えび》だの蛤《はまぐり》だの、何だってそんなに凝りたがるんだ。意味がわからない」

そんな年寄り臭い不平を言いながら、淡海はカウンターの上に、アイスキャンデーを八本ズラリと並べた。

「で、今もありがたいことに手に入る、手作りアイスキャンデー。四種類を二本ずつだよ。少しで悪いんだけど」

「何言うてるんですか、俺ら、三……あ、いや、二人やのに十分過ぎますよ。そないにもろてええんですか？」

恐縮しつつも、うっかりロイドを頭数に入れて話をしかけて、夏神は慌てて取り繕う。

海里は、嬉《うれ》しそうにアイスキャンデーを眺めた。

アイスキャンデーの包み紙には、フレイバーの種類ごとに違う色のインクで、同じスズランの花がプリントされている。

緑色はミルク、黄色はカルピス、赤色はバナナ、紺色はミルク金時と、それぞれ書かれていた。

「だってこんな小さなアイスキャンデーだもの。このくらいはないと。さ、遠慮せずに食べてよ」

「あ、せや。それやったら、お持たせでアレですけど、先生も一本食べていかはったらどうです？　外は随分と暑いみたいですし」

夏神の勧めに、淡海はちょっと嬉しそうに頷いた。

「ああ、じゃあお言葉に甘えようかな。さっきはお相伴しそこねちゃったし」

「さっき？」

不思議そうに首を傾げる海里に、淡海は新聞紙を丸めてクーラーバッグに放り込みながら説明した。

「ホントは、もっとたくさん買ったんだよ。二十本を差し入れに届けて、これはその残り。……ああ、今食べる分だけ残して、早く残りを冷凍庫にしまったほうがいいよ。五十嵐君は知ってるだろうけど、これ、溶けると包み紙がふやけて厄介なことになるから」

「あっ、そういやそうだ。先生はどれにします？」

海里に問われ、淡海はちょっと困った笑顔で「うーん」と唸《うな》る。

「持ってきた人間が先に選ぶのも何だけど、そうしないと君たちにかえって気を遣わせちゃうかな。じゃあ僕は、基本に忠実にミルクを」

「ほな、俺はちょい贅沢にミルク金時をいただきますわ」

「俺バナナ！　断然バナナ！　できたらもう一本のバナナもキープしときたい！」

各々が一本ずつアイスキャンデーを選ぶと、海里はいそいそと残りのアイスキャンデーを回収し、カウンターの中の冷凍庫にしまいこんだ。それから大急ぎで戻ってきて、テーブル席の椅子に腰掛け、アイスキャンデーの包み紙を慣れた手つきで剝《は》がした。

出てきたのは、淡海が早くも齧《かじ》っているミルクとほぼ同じ見た目の象牙《ぞうげ》色のアイスキャンデーである。

「何や、バナナいうても黄色うないんやな」

訝《いぶか》しげな夏神の突っ込みに、海里は何故か得意そうに答えた。

「あー、これだから鈴木商店素人は困るな～。バナナってのは、ミルク味のキャンデーの中に、バナナの切れっ端が入ってるだけだよ。バナナジュース凍らせたわけじゃないっつの」

「へえ、そうなんか……っちゅうか、鬼の首取ったようにドヤ顔しよってから。生意気な弟子や」

そうぼやきつつも、夏神は自分もアイスキャンデーの包み紙を開き、ギョロ目を嬉しそうに細めた。

「おお、こらまたクラシックなミルク金時や。金時が下半分に集中しとる」

確かに、市販のミルク金時と称するアイスキャンデーでは、小豆は中央部分に配置してあるものがほとんどだ。しかし今、夏神が手にしているものは、小豆の粒が持ち手のほうにすべて偏っていた。

あらゆる意味で、手作り感が漲《みなぎ》る一品だ。

味のほうも、ミルクと砂糖を混ぜ、おそらくは練乳を少し加えてもいるだろうか。他の雑味を一切感じない、実に素朴で優しい味わいなのだが、今となっては、その素朴さこそが稀有《けう》なものである。

「はー、懐かしい。超うめえ」

海里はしゃくしゃくとアイスキャンデーを齧り、まるで子供のように歓声を上げた。

淡海は、むしろ意外そうに、細い目をパチパチさせる。

「へえ。今どきの若者がそんなに喜んでくれるなんて、予想外だったな」

すると海里は、ちょっと恥ずかしそうに言葉を返した。

「や、俺、鈴木商店のアイスキャンデーには、特別に旨《うま》く感じる事情があって」

「事情？　何だい？」

訝しげに首を傾げる淡海に、今度は海里が懐かしそうな口調で答えた。

「俺、高校入学のタイミングで横浜から神戸に越してきたんですけど、母方のお祖母《ばあ》ちゃんの家に同居だったんですよ。母親と兄貴と俺、三人も増えて賑《にぎ》やかになったもんだから、お祖母ちゃん、すっかりテンション上がっちゃって」

「お祖父《じい》さんは亡くなってたの？」

「はい、そのちょっと前に先立ってたもんで、お祖母ちゃんはひとり暮らしだったんです。俺たちが来るまで、随分寂しかったんだろうな。で、夏のある日、お祖母ちゃん、ひとりでバスに乗って、このアイスキャンデーを買いに行ってくれたんですよ。もうずいぶん、身体の具合が悪かったのに」

「君たちに、美味《おい》しいアイスキャンデーを食べさせたかったんだねえ」

「はい。四人しかいないのに二十本もアイスキャンデーを買い込んできて、フリーザーがアイスキャンデーでいっぱいになっちまって。美味しいのよ、美味しいでしょって、俺たちが食うのをニッコニコして見てるもんで、俺も兄貴も止めどきを見失って、いっぺんに四本も五本も食って、腹壊したっけな。でも、あんときのアイスキャンデー、ホントに旨かった。今と同じ味っす」

海里の話をじっと聞いていた淡海は、ワイシャツの胸にそっと片手を当てた。

「じーんと来る話だね。いつか、僕の小説のどこかに使わせてほしいかも」

「どうぞどうぞ」

当人の海里は、あっけらかんと頷《うなず》く。夏神は、半分ほど食べて、棒から外れて落ちてしまいそうな残りを一口で頬張り、淡海に訊《たず》ねた。

「せやけど先生、今日はええ格好して、どこに差し入れしてきはったんです？」

すると淡海は、ごく当たり前のような口調で答えた。

「うん、劇団にね」

「劇団？」

夏神と海里の声が重なる。淡海はちょっと慌てた様子で、アイスキャンデーを持っていないほうの手を振った。

「あっ、劇団っていっても、アマチュアだよ。しかも、朗読専門だし、メンバーはお年寄りばかりだし」

夏神はアイスキャンデーを食べ終え、手を洗って麦茶のお代わりを全員のグラスに注ぎつつ、首を捻《ひね》った。

「朗読専門？　年寄り？　そんなけったいな劇団、この辺りにあったんですか。っちゅうか先生、なんでそんな劇団にかかわってはるんです？　知り合いの人でもいてはるんですか？」

夏神と同じ疑問を抱いたのだろう。海里も、興味津々の顔をしている。淡海は照れ臭そうに頭を掻《か》いて答えた。

「やあ、実は三年前、JR芦屋駅前のカルチャースクールに、『小説家として高齢者向けの講座を』って頼まれて、一年だけ引き受けたことがあるんだ」

「その話、初耳っすわ。せやけど小説家の先生が、なんでまた朗読を？」

淡海は相変わらず照れ笑いで曖昧《あいまい》に首を傾げた。

「そこなんだけどね、高齢者対象ってからには、本格的な読み書きをするには目がつらいわって人もいるだろう、普段は家にこもっていて、あまり人と話をしたり声を出したりすることがない人もいるだろうって思ってね。色々考えた結果、『文学を目と耳で味わおう』っていう講座名にしたんだ」

こちらはようやく姿を現した小さなバナナの欠片《かけら》を大事そうに半分齧り、海里は「あー」と訳知り顔をした。

「つまり、声に出して読みたい的なアレっすか？」

するとと淡海は、あっさりと頷いた。

「まあ、そうだね。詩でも随筆でも小説でもいいから、とにかく生徒さんに自分が好きな短い文章を持ち寄ってもらって、それを音読してみんなに披露してもらうことにしたんだ。ひとり三分くらいずつで」

「へえ……。つか先生、朗読とかも詳しいんですか？」

「詳しいってほどじゃないよ。まあ、知人につき合って、ちょっと齧ったくらい。だけど、基礎の基礎くらいはわかるからね。みんなで思いきり発声練習をした後、素敵な文章をお互いに読んだり聞いたり。やってみたら、とても楽しかった」

「へえ……。確かにちょっと楽しそう」

海里はふんふんと小さく頷きながら相づちを打つ。ミュージカル俳優時代、毎日のように稽古場《けいこば》で仲間たちと発声練習をした思い出が蘇《よみがえ》って、ちょっと胸が苦しくなる。

そんな海里の切ない気持ちには気付かず、淡海は楽しそうに話を続けた。

「生徒さんは、女性ばかり十人。年齢は六十代から八十代、色んな人生の荒波を越えてきた先輩方だろ？　持ってくる文章もバラエティに富んでいてね。古典、随筆、詩、小説、はてはシャンソンの歌詞まで。毎週水曜日、誰がどんな作品を披露するか、生徒さんだけじゃなく、僕もとても楽しみだった」

「それ、先生も何か読んだんですか？」

「ふふ、僕は自分の小説の一節をね」

「あっ、ステマ」

「ステマどころか、堂々と宣伝だけど、そのくらいは役得として許してほしいな。自分の作品を音読するなんて、なかなか恥ずかしいもんだよぉ」

海里にチャチャを入れられ、せっかく整えた髪をグシャグシャと掻き回して、淡海は痩《や》せた顔をうっすら赤らめる。

海里も素直に謝った。

「確かにそうかも。すんません。そんで、その教室が、劇団に？」

淡海は曖昧に首を振った。

「とても楽しかったんだけどね。やっぱり作家活動と教室の両立はきつくて、一年で講座は辞めさせてもらったんだ。でも生徒さんたちが、このまま解散してしまうのはつまらないって、自分たちで劇団を立ち上げてね。まあ劇団っていっても、素人の集まりだから、同好会みたいなもんなんだけど。自分たちで集会所を借りて、毎週一度集まって、僕としていたような活動をずっと続けてきたらしい」

「へえ……。行動力あるなあ」

「ホントにね。で、児童館や養護施設に、紙芝居や読み聞かせのボランティアなんかもいつの間にか始めてて。たいしたもんだよ。それで今日は久しぶりに彼らのお稽古《けいこ》を覗《のぞ》いて、アイスキャンデーを差し入れしてきた」

「なるほど～。先生も、朝から晩まで原稿書いてるだけじゃないんですね」

「五十嵐君は酷《ひど》いなあ。僕だって、人間としてちゃんと社会活動もしてるよ！　まあ、基本的には引きこもりだけど」

本気で感心している様子の海里に、淡海は苦笑いで抗議する。

そんな午後の和やかなひとときが、ささやかな、けれど彼ら全員の心を抉《えぐ》るような事件に繋《つな》がっていこうとは、このとき三人とも微塵《みじん》も考えていなかった。


翌朝、店を閉め、風呂《ふろ》に入って床についた海里は、物音でふと目を覚ました。

枕元の時計を見れば、時刻はまだ午前八時過ぎ。いつもなら、熟睡しているはずの時間帯だ。

開け放った窓からは川沿い特有の少し涼しい風が吹き込み、行き交う自動車の音が時折聞こえてくる。

「う……何だ？」

もともと仕事の内容によって生活リズムをガラリと変えなければならない芸能人をやっていた海里だけあって、早朝に床につくことには何の抵抗も困難もない。

室内がどんなに明るくても、気にせずにぐうぐう寝ていられるはずだ。

「ううう」

不満げに唸《うな》り、子供のように目を擦《こす》る海里の耳に、ロイドの声が聞こえる。

『お目覚めですか、我が主《あるじ》。無理もありませんが』

日が昇ると、ロイドは人間の姿から元のセルロイド製の丸眼鏡に戻る。人間の鼻を模した、グロテスクとユニークの境界線にあるスタンドに立てられたその眼鏡から、声は聞こえてくるのだ。

そのことにもすっかり慣れっこの海里は、腹にタオルケットを掛けたままロイドに言葉を返した。

「無理もないって、何が？　お前、歌でも歌ってたのかよ？」

『わたしではございません』

「じゃあ……。あ」

海里は目を擦るのをやめ、窓から差し込む夏の日差しを遮るようにその手を顔の上に上げた状態で動きを止めた。そしてじっと耳をそばだてる。

どうやら彼の安らかな眠りを破ったのは、壁の向こうから切れ切れに聞こえてくる人の声だった。

酷く苦しげな呻《うめ》き声に、ろくに聞き取れない不明瞭《ふめいりよう》な言葉が交じっている。

「またかよ」

海里は呟《つぶや》き、小さな溜《た》め息を漏らした。

実は、海里がこの奇妙な声を聞くのは、初めてのことではない。これまでにもう、両手に余るくらいあったことだ。気付かず熟睡していたときもあっただろうから、本当はもっと頻繁に起こっているのだろう。

海里がいるのは「ばんめし屋」の二階の小部屋で、壁の向こうは茶の間である。

そこに布団を敷いて寝起きしていて、今、奇声を上げているのは、言うまでもなく店主の夏神だ。

最初のとき、あまりにも苦しげな声に仰天した海里は隣の部屋に駆けつけたが、襖《ふすま》をガラリと開けた彼が見たものは、布団の上で酷くうなされている夏神の姿だった。

「あー、すまんすまん。ちょー、悪い夢見とった。ごめんな、起こしてしもて」

海里に揺り起こされた夏神は、乱れたざんばら髪を撫《な》でつけながら笑顔で詫《わ》びたが、その目にはどこか詮索《せんさく》を拒むような暗さと険しさがあった。

いつもは人懐っこい笑みも、その朝は酷く強張《こわば》り、不自然だったのを海里は覚えている。

何かあったのかと海里が訊《たず》ねても、「何もあれへん」の一点張りで、夏神は海里を追い払うように自室へ帰した。

それ以来、同じことが何度あっても、海里は夏神の部屋へ行ったことはない。

気になるし、心配だし、様子を見に行きたい気持ちはあるのだが、夏神がそれを歓迎しない様子があまりにもあからさまだったため、腰が引けてしまうのだ。

『夏神様は、大丈夫でいらっしゃるでしょうか』

今は眼鏡なので、表情どころか顔すらないのだが、ロイドの声には心配の色が滲《にじ》んでいる。

海里はゴロリと寝返りを打ってうつ伏せになり、布団の上に頬杖《ほおづえ》をついて、眼鏡のロイドと向かい合った。

「あんだけうなされてるんだ、よっぽど酷い夢見てんじゃね？」

『わたしもそうお察し致します。しかし夏神様は、うなされるお姿を他者に見られたくないとお思いなのだとか？』

「と、俺が勝手に感じただけだけどな。でも、たぶん間違ってないと思う。それに……ああ、目が覚めたっぽい。声がやんだ」

『……おや』

海里の言うとおり、呻き声の代わりに、どすどすと重い足音がして、二階の小さなキッチンから水道の水が流れる音も聞こえてきた。どうやら悪夢から覚めた夏神は、水でも飲んで気を落ちつかせているらしい。

なにしろ古い木造家屋なので、防音性はあまりよくない。互いの立てる音は、それなりに聞こえてしまう。

「もう大丈夫だろ。お前も心配しないで寝直せよ。付喪神《つくもがみ》が寝なきゃいけないかどうかは知らないけど」

そう言って、海里はうつ伏せのまま、頬杖を外して枕に顎《あご》を埋めた。

『何か、心に重荷を抱えておいでなのでしょうか、夏神様は。それでしたら、せめて我が主に悩みを打ち明け、少しでも楽におなりになればよいと存じますが』

ロイドは隣室に聞こえないよう抑えた声でそう言った。海里はもう一つ嘆息し、気怠《けだる》げに手を伸ばした。スタンドにかかった眼鏡のフレームをちょいとつつく。

「かもしんないけど、誰にも言いたくないことだってあんだろ？」

『そういうものでございましょうかね』

「そうだよ。少なくとも俺にだって、誰にも言いたくないことの一つや二つ、あるもん。お前はないのか？」

海里よりずっと長く、百年近い年月を生き抜いてきたセルロイド眼鏡は、しばらく沈黙してからこう答えた。

『わたし自身は眼鏡でございますから、これといって秘密などはございません。しかしながら、前の主がそっと打ち明けてくださった事柄のいくつかは、このフレームに秘めておくべきであろうかと。それがわたしの秘密でございましょうかね』

「フレームに秘めるって、なんかすげえフレーズだな。たとえば？」

『たとえば……家庭のある身でありながら、ほんの少しだけ心が揺れた、可愛らしい教え子との清らかかつ切な……ゴホン！　意地悪はおよしください、我が主。たった今、フレームに秘めると申し上げたばかりでございますのに、危ういところでした。今の話は、お聞きになりませんでしたよね？』

いかにも慌てた様子で取り繕おうとするロイドに、海里は枕から顔を上げずに悪戯《いたずら》っぽく笑った。

「俺、絶対お前に秘密は打ち明けねえからな！　滅茶苦茶《めちゃくちゃ》口が軽いじゃん。……つか、確かにそうだな。そんな話、人間にはできねえわ」

『さようでございましょうね。前の主も、その話をわたしに打ち明けられたのは、亡くなる少し前になってからでございましたよ』

「……もしかして、人生の終わりに罪の告白をしたくなったって奴？」

『ああ、懺悔《ざんげ》の意味合いがあったのやもしれません。……我が主、人間は、心に秘密を持つことが、さように心苦しいのでありましょうか？　それでもなお、誰にも打ち明けられぬ秘密があるものなのでしょうか？』

睡眠が足らず、頭がぼんやりしているところにやけに哲学的な質問を喰《く》らい、海里は寝たまま器用に肩を竦《すく》めてみせた。

「内容にもよるだろ、そりゃ。けどたいていその手の秘密ってのは、隠しとくには重すぎてつらい、けど人に喋《しゃべ》れるほど軽くもない。だからなかなか打ち明ける踏ん切りがつかなくて、ウダウダするんじゃねえの？」

『なるほど。人の心というのは、複雑なものでございますねえ』

しみじみと感心するロイドの声を聞きながら、海里はもう一度寝返りを打ち、布団の上で日が当たらない部分に移動した。

「構造的にも、眼鏡よか複雑だしな」

『そういうお話ではございませんよ』

小言めいたロイドの言葉に欠伸《あくび》で対抗し、海里は布団に寝そべったまま、うーんと腕を上げて伸びをした。

「わかってる。……まあさ、あんだけしょっちゅううなされるんだ、きっと何か重たい事情があるんだろうとは思うけど、俺から詮索はしないよ。夏神さんが話したいと思ったらちゃんと聞くけど、そうでないなら余計なお世話だろ」

『それが我が主のお考えでしたら、わたしも共に見守らせていただくことにいたしましょう』

「眼鏡に見守られてもなあ。……まあいいや、俺、寝直すわ」

そう言って目を閉じた海里の耳に、ロイドのとぼけた声が聞こえる。

『はい、おやすみなさいませ。はあ、かえすがえすも、我が主がこうして朝におやすみになることが、残念でなりません。これが夜ならば、前の主にして差し上げたように、わたしが枕元に控えまして……』

「俺の枕元で、何する気だよ?」

目をつぶったまま問いかけた海里に、ロイドは大真面目に答える。

『眠っておられる間じゅう、団扇《うちわ》で涼しい風をゆるゆると送って差し上げるのですが』

「……ぶっ」

英国紳士を絵に描いたような容姿のロイドが、畳の上に正座し、自分を団扇で優しく扇《あお》いでいる姿を想像して、海里は小さく噴き出す。

「……ったく、要らねえよ、そんなの。お前は昭和の田舎の婆さんか!」

『ですが、いくら風が吹き込むとはいえ、お暑うございましょう』

「平気だよ。役者やってた頃から、喉《のど》を痛めるからって、寝るときのエアコンは禁止だったんだ。暑い中で寝るのは慣れてるから、気にすんな。じゃ、改めておやすみ」

『おやすみなさいませ』

たとえ眼鏡でも、寝る前に挨拶《あいさつ》を交わせる相手がいるというのは、どことなく気持ちが安らぐものである。

海里は、大きな欠伸をもうひとつして、健やかな眠りに再び落ちていった。

＊　　　＊

その日の午後二時過ぎ、二日分の食材を買い出しして、それぞれエコバッグを二つずつ提げて徒歩で帰ってきた夏神と海里は、店の前に突っ立っている男性を見つけ、顔を見合わせた。

「何や、うちに用事かいな、あの兄ちゃん」

夏神は軽く首を傾げた。

その顔つきや態度はいつもと同じく飄々《ひょうひょう》としていて、悪夢にうなされるほど何かを気に病んでいるようにはとても見えない。

（だから余計に、何か悩み事でもあんのって訊《たず》ねにくいんだよなあ）

そう思いつつ、海里もやや近視ぎみの目を細めた。

「確かに、うちの店の前をウロウロしてるな」

「ふむ。何ぞ、業者の売り込みかもしれへん。うちみたいなちっこい店に来ても、甲斐《かい》ないねんけど」

「えー、Tシャツとジーンズなんてカジュアルな格好で、営業に来るかなあ……って、あ！」

苦笑いの夏神に相づちを打とうとして、海里は急に驚きの声を上げた。

店の前で困り顔をしているその男性が海里たちのほうにふと首を巡らせた瞬間、海里は駆け出していた。

「あ？　お、おい、イガ？　どないしてん？」

さっきまで重いと文句を言っていたはずのエコバッグをものともせず走る海里に、夏神は目を白黒させる。

まだ海里に気付かない男性に向かって、海里は走りながら声を張り上げる。

「李英《りえい》！」

男性は文字どおり小さく飛び上がり、そして体ごと海里のほうを見る。

「り……えい？」

おそらくそれが、男性の名なのだろう。耳慣れない名前を口の中で転がしながら、夏神も急ぎ足で海里を追いかけた。

一方、すぐに男性の真ん前まで来た海里は、両手の荷物をいったん地面に下ろし、息を弾ませながら、もう一度呼びかけた。

「李英、マジかよ！　来てくれるんなら、連絡くれりゃよかったのに」

「す、すいません！　東京から、直《ちょく》で来たところなんです。夕方からゲネなんで、あんまり時間なくて……もしかしたら会えるかなって思って、駄目元で」

李英と呼ばれたまだ若い、幾分小柄な青年は、謝りつつも嬉《うれ》しそうに海里の顔を見上げた。

「先輩、元気そうでよかった。考えてみたら、黒髪の先輩なんて、僕、初めて見ましたよ」

「そういやそうだな。オーディションの日には、もうキャラに合わせて髪色変えてたもんな。お前こそ、元気そうじゃん」

「おい、イガ。友達か？」

嬉しそうに挨拶を交わす二人の若者の顔を見比べ、夏神は不思議そうに海里に問いかける。海里は、さっきまでの「暑い重い」の不満顔はどこへやら、弾むような声と満面の笑みで夏神に目の前の青年を紹介した。

「前に話したことあったでしょ。こいつ、里中《さとなか》李英。ミュージカルやってた頃の、俺の後輩なんだ。つか、キャリア的には同期なんだけど、俺が三つ年上だからさ。あと、役柄的にも、俺と先輩後輩だったから」

「ほんで先輩呼ばわりか」

「そうそう。李英、この人が夏神さん。俺が今世話になってる、この店の店長さんなんだ」

それを聞くなり、李英は素直な人柄をそのまま表すはにかんだ笑顔で、ペコリと頭を下げた。

「はじめまして、里中李英です。役者をやってます。あの……僕が言うのも何ですけど、海里先輩がお世話になってます」

童顔の上、前髪を下ろしているせいで余計にティーンエイジャーめいて見える李英の笑顔に、夏神も自然と釣り込まれていかつい顔をほころばせ、挨拶を返す。

「おう、お世話しとるで。よう来てくれたな。イガを誰かが訪ねてくるんは初めてや。まあ、中に入りや。暑かったやろ」

「JR芦屋駅から歩いてきたんで、ちょっと」

「そらお疲れさん。中で何ぞ冷たいもんでも飲んでいき」

そう言いながら、夏神は大急ぎで引き戸の鍵《かぎ》を開ける。

「じゃあ……ちょっとだけお邪魔します」

李英は緊張の面持ちで、夏神と海里に続き、開店前の「ばんめし屋」に入った。

「すぐ、冷房効いてくるしな。ほい、麦茶。ああ、イガ。荷物の処理は俺がするし、お前は友達と話しとれ。そんなに時間あれへんのやろ？」

李英をテーブルの一つにつかせ、いちばん大ぶりなグラス二つに麦茶を注いで出してやり、夏神はそう言った。

冷蔵庫の前にエコバッグを置くと、海里はいそいそとカウンターから出てきた。

「ごめんな、夏神さん」

「ええよ。カウンターん中でゴソゴソしよるけど、俺のことは空気やと思え。……ああ、こんなことやったら、昨日、淡海先生にもろたアイスキャンデー、風呂《ふろ》上がりに食わんと置いとったらよかったな」

そう言いながら、夏神は海里と入れ違いにカウンターの中に入り、エコバッグからガサゴソと食材を取り出し始める。

海里は李英の向かいの椅子に腰掛け、「ま、麦茶でも飲んでくつろげよ」と声を掛けた。

だが李英は、弾《はじ》かれたように立ち上がると、いきなり海里に向かって頭を下げた。かつてカーテンコールのときにしていたような、膝《ひざ》に額がつくほど深いお辞儀だ。

「な……？」

「あの……ホントにすいませんでした！」

そんな唐突な謝罪の言葉と悲愴《ひそう》な声に、海里は慌てて立ち上がった。

「な、何だよいきなり。やめろって、何してんだよ！」

面食らいながらも、とにもかくにも李英のパーカーのうなじを引っ摑《つか》むようにして頭を上げさせると、海里は李英を再び椅子に座らせた。

自分は彼の傍らに立ち、泣き出しそうな顔で自分を見上げる李英を、困惑の面持ちで見返す。

「俺、お前に謝ることは山ほどあっても、お前に謝られる覚えはねえぞ？」

そう言った海里の顔を悲しそうに見やり、李英は軽く項垂《うなだ》れる。

「何言ってるんですか、僕にだってありますよ」

「ないって」

「あるんです！」

少し大きな声でそう言い、李英は顔を上げた。優しい目を潤ませ、海里の顔を見上げる。

「……何がだよ」

困惑するばかりの海里に負けず劣らずの迷子のような面持ちで、李英は、はあ、と溜《た》め息をついた。

「そうやって先輩は、電話のたびに何ごともなかったみたいに接してくれるから、僕、ずっと言いそびれてたんです。直《じか》に会えたら、真っ先に謝ろうと思ってて……でも先輩、やっぱマジでわかんないって顔してる」

「だって、全然わっかんねえよ」

そんな海里の言葉に、李英はギュッと唇を噛《か》んでから、早くも涙声で答えた。

「だって僕、先輩がいちばん大変なとき、これっぽっちも役に立てなかったじゃないですか!」

「……あ?」

「ミュージカルやってた頃も、終わってからも、僕が悩んだり行き詰まったりするたびに先輩は相談に乗ってくれて、慰めたり、励ましたりしてくれたのに! 僕、先輩があの女優さんとのことで酷《ひど》い目に遭ってたとき、何もできなかったでしょう。そればかりか、せっかく連絡してきてくれた先輩に薄情なこと言っちゃって……」

それまでひたすら困り果てて聞いていた海里の顔に、そこでようやく笑みが戻った。

「ビビらせてんじゃねーよ、ばーか。何かと思ったら、そんなことかよ」

海里はわざと荒っぽく李英の頭をはたき、さらっと言い放った。

「別にあんときだって、後輩のお前にどうこうしてもらおうとは思ってなかったっつの。俺はただ、東京を離れる前に、お前にちょこっと挨拶《あいさつ》しとこうと思っただけ」

「でも……」

「あんとき、お前も言ってたろ。事務所に俺と話すな、余計なこと言うなって言われたって。事務所の言うことには従うべきなんだから、お前は間違ったことは何もしてないじゃん。それに、俺が芸能界から消えたあと、俺がスマホ替えて新しい電話番号とメアド報《しら》せたとき、すぐに返事くれたろ？　十分だよ！」

畳みかけるように一息に言って、海里は口を引き結んだ。

本当は、嘘なのだ。

三ヶ月前、酒に酔って気分が悪くなった女優を介抱していただけなのに、芸能記者にパパラッチされてスキャンダル記事をでっち上げられ、女優の清純なイメージを守るため、海里ひとりが悪役に仕立て上げられて芸能界を追放された、あのとき。

ずっと二人三脚でやってきた事務所の社長にすら「解雇」という残酷な仕打ちを受けた海里にとっては、ただひとり心を許せる相手が李英だった。

ミュージカルの稽古場《けいこば》で、あるいは舞台の上で、共に努力し、苦しみ、悩み、戦ってきた戦友の李英にだけは、味方になってほしかった。

自分の不安も憤りもやるせなさもすべて打ち明け、李英にだけは自分の無実を信じてほしかった。

だが今、冷静になってみれば、あの朝の自分の女々しさが情けなくてたまらない海里である。

李英は出会った日からずっと変わらず、自分を慕い、頼ってくれた。

(そんなこいつに、泣きつこうとしたのかよ、俺。冗談じゃねえ)

海里は、無意識に両の拳《こぶし》を握りしめ、腹に力を入れる。

海里が芸能界を離れた今も、やはり「先輩」と呼んでくれる李英の前では、どこまでも頼もしい先輩でありたい。

それこそが、海里のせめてもの矜恃《きょうじ》……もはや意地のようなものだ。

しかしそんな海里の胸中を知る由もない李英は、優しい眉《まゆ》をハの字にして訴えた。

「でも海里先輩。何も期待されてなくても、俺、もっと先輩のために出来ることがあったんじゃないかって。ううん、きっと何かあったはずなのに」

海里が東京を離れたあの朝からずっと、李英は自分を責め続けていたのだろう。誠実そのものの李英の言葉を、海里はにべもなく否定した。

「ねえよ。あれはまあ……わかってるだろうけど基本的には濡《ぬ》れ衣《ぎぬ》だった」

「わかってます！　だからこそ……」

「けど、確かに俺も迂闊《うかつ》だったし、運も悪かったんだ。とにかくもう、全部終わったことだっつの。芸能界に未練なんかねえし」

まったく未練がないかと言われれば、それもまた嘘だ。今でも、いつかは戻りたいと心のどこかで願っている。

たとえどんなに望み薄でも、いつかはちゃんと芝居の出来る役者になりたいという想いだけは、自分の意志で消すことができないのだ。

しかしそれすら口に出すことはせず、海里は渾身《こんしん》の力でニッと笑い、両腕を広げてみせた。

「マジで、お前が気にすることなんか、何もねえよ。それに、今の生活、俺的にはけっこう充実してんだけど。こういうカタギっぽいルックスも、そう悪くねえだろ？」

「全然悪くないです！　っていうか、今のが、先輩のホントの姿なのかなって。何だか、東京にいた頃より、自然に見えます」

「それはどうだかわかんねえけど」

どうにか格好をつけることに成功し、海里はやっと少し落ちついた気持ちで、久しぶりに見る後輩の顔をつくづくと観察した。

「それよか李英、お前ちょっと痩《や》せたんじゃね？　舞台稽古《げいこ》、大変なんだろうな。明日《あした》が初日だよな？」

すると李英は、冷えた麦茶を一口飲み、恥ずかしそうに頷《うなず》いた。

「はい。明日は大阪の初日です。その後、博多《はかた》、名古屋を回って、東京で大千秋楽って予定で……」

「長丁場だな。でも、楽しみだろ」

海里の言葉に、李英は小さな声で「はい」と返事をした。だがその顔には疲労の影が濃く、とても「楽しそう」には見えない。

海里は眉をひそめ、李英の線の細い、大人しそうな顔を覗《のぞ》き込む。

「何だよ、そのツラ。もっとワクワクしてんのかと思ったのに。お前、ずっと舞台役者として生きていきたいって言ってたじゃん。今回の仕事が決まったときも、滅茶苦茶《めちゃくちゃ》喜

「そう……なんですけど」

李英は言葉を濁し、項垂れる。怪訝そうに海里が何かを言おうとしたとき、カウンターの中で野菜の下ごしらえをしながら二人の会話をさりげなく聞いていた夏神が、割って入った。

「里中君やったか？　そうか、役者て、舞台の仕事をしとるんか。そら立派やな」

李英は夏神のほうを見て、やはり元気のない顔で小さく微笑み、頷いた。

「いえ、そうはいっても、僕、自分で言うのも何ですけど、イケメン俳優って言われる部類のアレなんで……」

「イケメン俳優？　いやまあ、確かに男前やけど、そんな分類あるんか？」

夏神は、太い眉を軽く上げる。李英がそれに答える前に、尖《とが》った声を上げたのは海里だった。

「俺たちが出てたミュージカルってさ、いわゆる『顔がいいだけの若い男の素人』を、急ごしらえで役者にして出演させてたわけ。前にちょこっと話したことあったろ？　世間じゃそういう手合いを『イケメン俳優』って一括《くく》りにして呼ぶんだよ」

「おう。せやけど、最初こそ未熟でも、だんだん成長して役者らしゅうなったって、お前言うとったやないか、イガ」

するとと海里は、どこか忌々しそうに肩を竦《すく》めた。

「それはさあ、認めたかないけど、『元が素人にしちゃ』ってのが前提の話だよ」

「あー……つまり、ホンマもんの役者にはほど遠いっちゅうことか」

「まあ、俺とか李英はずぶの素人だったけど、ダンスとか殺陣《たて》とか、ちょっとした演技経験とかがあった奴らは、もっと上達も早かった。俺たちだって、自分が役を貰《もら》ったキャラクターについては、誰にも負けないように演じてたって自信はあるよ？　けどさあ」

海里の視線を受け、李英が訥々《とつとつ》とした口調で話を引き継ぐ。

「やっぱり役者としての基礎ができてないので、凄《すご》く中途半端なんです。ミュージカルをやってる間は、他のお仕事はあんまりできなかったですしね」

「あー、場数を踏んでへんのやな」

「はい。だけど僕、大きすぎる夢かもしれませんけど、世界に通用するような舞台役者になりたいんです。だからミュージカルが終わってからはずっと、舞台ならどんな小さな役でも受けてきましたし、オーディションも片っ端から受けてきました」

「こいつ、歌もダンスも演技も殺陣も、自腹でレッスン受けてさ。ホントに頑張ってたんだ。そんで、やっとでっかい舞台の、脇役とはいえ、おいしい役をゲットしたんだよな！　台詞《せりふ》も出番も多いしさ」

「……はい」

海里は熱っぽく言ったが、それに対する李英の反応は、やはり妙に鈍い。夏神も、心配そうに問いかけた。

「イガの話を聞く分には、これまでの努力が報われたみたいやないか。何でそないに浮かん顔なんや？」

するると李英は、深い溜《た》め息をつき、視線を海里に戻した。

「僕が、あの場に……あのカンパニーにいていいのかなって」

「は？　何言ってんだよ、お前。役を貰ったんだから、いていいに決まってんだろ？」

だが李英は、力なくかぶりを振った。

「今回の舞台、ハコは大きいし、テレビ局が協賛してるし、他の役者さんたちは皆さん、舞台やテレビでバリバリ活躍してらっしゃる方ばかりなんです」

「それが何だよ？　お前、まさかハブられてんの？」

「まさか！　他の出演者の方々は、凄く親切にしてくださるんですよ。苛《いじ》められたりとか、そういうことじゃないんです。でも、こないだ、通し稽古《げいこ》で僕が立ち回りをトチッたとき、主役の役者さんに『落ち着け、お前イケメン俳優にしちゃよくやってんだから』って言われて、何だか心臓に槍《やり》が刺さったみたいな気分になりました」

「…………」

自分がそれを言われでもしたように、海里は酷《ひど》く痛そうに顔をしかめる。

「その人に、悪気がないのはわかってるんです。きっと心から、慰めてくれてるつもりだったんです。だけど僕はやっぱり、『イケメン俳優枠』から抜け出せてないんだなって思ったら、凄く情けなくて。あの立派な役者さんたちと同じ舞台に上がる資格が、僕にはないんじゃないかって思えてきて、たまらないんです」

「だってお前、夕方からゲネなのに、今さらそんなこと言ったって」

「わかってます！」

李英の男性にしては小さな拳が、どんとテーブルを叩《たた》く。麦茶が入ったグラスが僅《わず》かに跳ねて立てた音に、李英はハッとした様子で手を引っ込めた。

「す、すいません、大声出しちゃって。僕、先輩に何言ってんだろ。あの、僕、先輩に会いたかっただけで、こんな泣き言言うつもりじゃ……」

さすがにビックリして軽く身を引いた海里は、目の前で今度は本当に涙ぐんでしまった後輩の弱り切った姿を目の当たりにして、言葉を探すように数秒、杉板の天井を仰いだ。

「や、俺でいいなら、どんだけ泣き言言ってくれてもいいけどさ」

「先輩……」

海里は指先でポリポリと頬を掻《か》いてから、ボソリとこう言った。

「いいんじゃねえの、『イケメン俳優枠』で」

それを聞いて、李英は色素の薄い目をまん丸にする。

「え？　だけど先輩だって、ずっと嫌がってたじゃないですか、イケメン舞台上がりとか、イケメン俳優とか言われるの」

「そりゃ、俺が言われたそれは、明らかに馬鹿にしてるからむかついてたんだよ。お前が言われたのは、そうじゃねえだろ。『イケメン俳優かよって思ってたけど、存外やるじゃねえか』って意味だろ、どう考えても」

「そうですけど、でも……」

「わかってる」

言い返そうとした李英を片手で制止して、海里はさっきよりずっと静かな声で言った。

「元から軽く見られてた奴が、ちょっと褒められたくらいじゃ足りない。まだまだ芝居の程度が低すぎるって思ってんだろ？」

李英は、唇をギュッと引き結んで小さく頷く。

そんな李英に、海里は子供を諭すような口調で呼びかけた。

「なあ、李英。俺は舞台役者の世界はよくわかんねえし、今、立場が立場だから、お前の舞台を見に行ってやることもできない。けどさ、実際、お前自身が足りないって感じるんなら、お前の役者としての実力は、きっとまだ全然足りないんだ」

「……はい」

「けど、誰だって最初はそうだろ。忘れたのかよ。俺たち、最初すっげえアウェーから始めたろ、ミュージカルの仕事。素人がマンガのキャラになりきって歌って踊るとか、学芸会じゃねえかって馬鹿にされて、最初はお客も全然入らなくて、マジで泣きそうな初日だったじゃん」

そんな海里の昔話に、しょんぼりしていた李英も、思わず右手を心臓の上に当てる。

「ああ……懐かしいなあ。泣きそうっていうか、僕、緊張し過ぎて、舞台袖《そで》で泣いちゃったんですよね。そんで、先輩にビンタで気合い入れてもらって、何とかやりきったんでした。だけど歌もダンスもボロボロで……」

「そうそう。小劇場だったのに、それでも半分も埋まらなくてさ。その数少ないお客さんも、初日、俺たちがガタガタすぎてどん引きで。もう終わりだと思ったけど、そっから歯を食いしばって頑張ったんじゃねえか」

李英はポロリと零《こぼ》れた涙を片手で拭《ぬぐ》いながら頷《うなず》く。

「そうでしたね。抜けてった仲間もいたけど、新しく入って来てくれた子たちもいて。みんなで頑張って、ちょっとずつお客さんが増えて、公演ごとに会場が大きくなって、舞台装置が豪華になっていったんでした」

「そうそう」

海里は笑顔で頷いた。李英も、深く頷き返す。

「僕、大千秋楽しか記憶になかったですけど、最初からあんな盛大な舞台じゃなかったですよね。最初は……そっか、思い出したくないくらい情けなかった」

「うん。俺も今の今まで、たぶんわざと忘れてた。最初の公演は、マジで黒歴史だよなあ」

「はい、ホントに」

海里と顔を見合わせ、李英はようやくふふっと小さな声を出して笑った。海里はホッとしたように頬を緩める。

「今もそうだよ。お前はアウェーだと感じてるだろうし、『イケメン俳優』ってのを負い目に思ってるかもしれないけど、そう言われて軽く見られてる分、『おっ』て思わせて、驚かせてやることが、普通より簡単なんだぜ？　得だと思えよ」

「……得！」

兎のような顔で驚く後輩のちょっと低い鼻を指先で弾《はじ》いて、海里はニヤッと笑った。

「そ、得。俺は、ずっと努力してきたお前を知ってる。お前が本気出せば、絶対みんなビックリするし、『イケメン俳優、やるな』って言ってくれるさ」

「……そう、でしょうか」

「だよ！　そこでお前は、一歩階段を上れるんだ。そうやって、時間をかけて一歩一歩上っていけば、スタート地点が『イケメン俳優』だったってことなんて、みんないつかは忘れる。そうやって、地道に頑張っていくしかないじゃん」

「先輩……」

「誰だって、最初は下手くそだよ。開き直れってんじゃなくて、下手くそだからこそ、持ってるもんを全部出せ。ミュージカルやってた頃の、素人がよってたかって暗闇を全力で殴ってるみたいな心細さに比べたら、周りに凄い役者さんがいて助けてくれるのはすげえ贅沢《ぜいたく》だし、心強いだろ。そう思わないか？」

「……うわあ……」

死人のように青白かった李英の顔に、みるみる血の気が戻ってくる。彼は両手の指をテーブルの上で組み合わせ、今度はさっきとは違う、ずいぶんと満ち足りた溜め息をついた。

「やっぱり、先輩と話すと凄く気持ちが落ちつくっていうか、色んなことが整理されるっていうか……嘘みたいに元気が出ました！　そっか、そうですよね。せっかく皆さんが僕を受け入れて助けてくださってるのに、僕がいじけて小さくなってたら、それこそ駄目ですよね！」

「おう。ど−んと当たって、しっかり受け止めてもらえ。その後で投げ飛ばされても、そりゃ勉強って奴だろ」

「はいっ！　ありがとうございました！」

李英はすっくと立ち上がると、キラキラした笑顔で頷き、海里に物凄《ものすご》い勢いで頭を下げる。

「ばっかやろ。俺はいったいいつまで、お前の励まし係をやらなきゃいけないんだよ」

海里もようやく安心して、照れ隠しの悪態をついたのだった。

結局、李英はゲネプロ……つまり本番と同じ手順で行われる総仕上げの稽古《けいこ》に間に合うよう、ほどなく店を去ることになった。

すっかり元気を取り戻し、弾むような足取りで去っていく李英を、海里と夏神は店の前に並んで立ち、見えなくなるまで見送った。

店に戻るなり、夏神はニヤリと笑い、海里の背中を大きな手で叩いた。

「おい、ええお兄ちゃんぶりやないか」

「……痛いよ、夏神さん。つか、そう見えた？」

海里は、やけに素っ気ない口調でそう言いながら、カウンターの中に入り、エプロンを細い腰に巻き付ける。

「おう、見えたで。あの兄ちゃん、お前の言葉ですっかり元気を取り戻して帰っていったやないか」

夏神は、さっきまでの笑顔が嘘のような海里の沈んだ声音に戸惑いつつも、自分もカウンターの中へ入り、作業の続きをしようとした。

だがその耳に、海里のボソリとした呟《つぶや》きが飛び込んでくる。

「だとしたら、俺の演技力も捨てたもんじゃねえなあ」

「あ？」

振り返った夏神が見たのは、酷《ひど》く悔しそうな海里の顔だった。冷蔵庫にもたれた海里は、自分の頬をペシリと叩《たた》いて、「情けねえ」とぼやいた。

「情けないて、何がや？」

「俺の性根が」

「あ？」

夏神のほうを見ようとせず、海里はガシガシと頭を掻《か》いた。

「あいつを元気づけてやりたいって気持ちはあったよ。言ったことは全部本心で、嘘じゃない」

「お……おう」

「けど、俺、あいつが羨《うらや》ましくて、眩《まぶ》しくてさ。そんな恵まれた場所で、何を甘えたこと言ってんだって、ホントは向かっ腹立ててた」

夏神は、包丁に伸ばしかけた手を止め、大きな口をへの字に曲げる。

「せやけど、お前」

「わかってる。李英は、こつこつ努力して、今のチャンスをゲットしたんだ。全然甘えてない。そう思ったのは、俺のやっかみのせいだ」

力なく笑って、海里はスツールを引っ張りだし、腰を下ろした。

「イガ……」

「俺、テレビに出てた頃、李英がつまんねえ舞台に客演してるの、ちょっと馬鹿にしてた。どうせイケメン俳優なんて、客寄せパンダだ。劇団の連中は、あいつのことを金づるくらいにしか思ってないって。けど、あいつはそれを糧にして、ちゃんと結果を出したんだ。一方の俺は、テレビで料理人の真似事やって調子に乗った挙げ句、足元をすくわれて、全部パー……」

海里はそこでようやく、夏神のいかつい顔を見上げた。夏神は、ゆっくりと海里に歩み寄り、肉厚の手でその頭をクシャリと撫《な》でる。

「アリとキリギリス、やな」

「どうせ俺は、キリギリスですよ」

ふて腐れてみせる海里に、夏神はニッと笑いかけた。

「俺は嫌いやないで。へこんでも苦しゅうても、アリの前では格好をつけるキリギリスっちゅう奴が。それはそれで、一本筋の通った性根やないか。悔しさは、まだ諦《あきら》めてへん証拠や。まだお前には、伸びしろがあるっちゅうことやで。どの分野で伸びるんかは知らんけど」

「……夏神さん……」

「童話のキリギリスは腹が減ってアリに泣きつくらしいけど、お前はどこまでも強がるキリギリスでおれ。飯くらい、俺が食わしたる。その代わり、食い扶持《ぶち》分はきりきり働けや」

最後のひと言は冗談めかして言い、夏神は調理台へと戻っていく。

「……しょうがねえなあ。ほんじゃキリギリスは、大根でもおろしちゃうとしますかね」

夏神の無骨な慰めに軽口で応じ、海里もどうにか気持ちを立て直し、勢いよく立ち上がったのだった。

事態が大きく動いたのは、それから二日後のことだった。

「おい、イガ！　何か知らんけど、外がえらいことになっとるぞ」

昼前、階段をドスドス上がってきた夏神は、ノックもなしに海里の部屋の襖《ふすま》を開けると、珍しく慌てた様子でそう言った。

「……んあ？　何？　外？」

叩き起こされた海里は、半分寝ぼけたまま身を起こした。夏神は曇りガラスの窓を指さし、上擦った声を出す。

「おう、コンビニ行こうと思うて、ふと窓から外を見たら、店の前に何やようけえ人が」

「え？　何それ」

海里は座ったまま窓ににじり寄り、何の気なしに窓を開けてみた。

だが次の瞬間、彼は息を飲み、硬直した。

確かに店の前には、男女取り交ぜて十人余りの人々が立っており、彼らはいっせいに、二階を見上げてきた。

テレビカメラを操作する人たち、カメラを構える人たち、そしてマイクを握り締めた人たち……。

『あっ、あれは五十嵐カイリさんでしょうか！　突然芸能界を去って三ヶ月、行方知れずだった五十嵐カイリさんが、なんとこんな場所に潜んでおられましたっ！』

ヒステリックな金切り声と共に、カシャカシャとシャッターを切る音が幾重にも重なって鳴り響く。

呆然《ぼうぜん》としていた海里は、その声と音にようやく我に返り、ピシャリと窓を閉めた。

心臓が早鐘のように打って、胃の中には何もないはずなのに、吐き気がこみ上げてくる。

「うそ……だろ……」

「おい、イガ。大丈夫か？　あいつら、やっぱりお前が目当てなんか」

夏神は海里の前に跪《ひざまず》き、肩を揺さぶる。海里は、迷子のような顔で夏神のTシャツの肩口をギュッと摑《つか》んだ。

「どうしよう、夏神さん。俺……見つかっちゃった。どうしよう」

縋《すが》るような呼びかけに、さすがの夏神も答える言葉を持たず、二人はただひたすら狼《ろう》狽《ばい》するばかりだった。

二章　自分の足で一歩

『カイリさーん！　五十嵐カイリさん、もう一度顔を見せてくださーい！』

『カイリさーん！　例の件について、お話をおうかがいしたいんですけどー！』

窓ガラス越しに聞こえる何人もの声に、海里は思わず身震いし、二の腕をさすった。

早朝は小雨がぱらついていたので、蒸し暑さに閉口しつつ窓を閉めて就寝した。そのせいで、外の異変に気づけなかったのだ。

法を破ったわけでもないのに、こうして追い回され、自分の姿を不特定多数の人の前に晒《さら》される理不尽と恐怖で、暑いはずなのに、海里の全身には鳥肌が立っていた。

「どうして、ここがわかったんだ……？」

壁にもたれ、膝《ひざ》を立てて座り込んだ海里と向かい合うように、夏神は敷き布団の上に胡座《あぐら》をかいた。

大きな背中を丸めて、海里の青ざめた顔を下から覗《のぞ》き込むようにする。

「あれ、いわゆる芸能記者っちゅう奴らか？」

「ん……チラッと見ただけだけど、ワイドショーのレポーターとカメラマンだな。それに、雑誌記者もいるっぽい。レポーターは、知ってる顔が三人くらいいた。東京から来たんだな。でも……なんで？」

　まるで逃亡者のように声をひそめ、海里は早口で答える。その切れ長の目には、明らかな不安と恐怖の色があった。

「そんだけビビッてるとこ見ると、お前が呼んだわけやあれへんねんな？」

「当たり前だろ！」

　思わず大きな声を出しかけて、海里はハッと口を噤《つぐ》む。

　普通に喋《しゃべ》っている限りは、外に詰めかけた人々に会話を聞かれることはないだろう。しかし過敏になった心は、彼に必要以上の警戒を強いていた。

　普段はどんなときも泰然としている夏神だが、海里につられたか、酷《ひど》く落ちつかない様子で広い肩を揺すった。

「ほな、何でお前の居場所があいつらに知れたんや？」

「そんなの俺が訊《き》きた……ッ!?」

　海里と夏神は、同時にギョッとして身を震わせた。

　丸いミニテーブルの上に置いてあった海里のスマートホンが、この緊迫した場にそぐわない明るい曲調の音楽で、電話の着信を知らせたのだ。

　海里は、いかにも怖々と自分のスマートホンに手を伸ばした。

　だが、液晶画面に李英の名を見るなり、彼は凄《すご》い勢いで通話ボタンを押し、スマートホンを耳に押し当てた。

「もしもし？　李英？　なあ、今……」

海里の咳《せ》き込むような呼びかけに応《こた》える李英の声も、酷く上擦っていた。

『先輩、すいません。今、あんまり時間ないんですけど……すみません！　僕、取り返しのつかないことをしてしまいました』

動揺しきった弟分の再びの謝罪に、海里は息を飲む。

電話が李英からと知り、どうしても話の内容が気になったのだろう。夏神が腰を上げ、近づいてくる。

スタンドに掛けられたままのロイドも聞き耳を立てていることだろうが、海里は会話を他者に聞かれることを拒否する余裕すらなく、上擦った声を上げた。

「まさか……！　嘘だろ。お前が俺を売ったのか⁉」

おそらく、劇場の非常階段でも下りながら話しているのだろう。押し殺した李英の声に、カンカンという耳障りな金属音が交じる。

『そんなわけないじゃないですか！　僕は死んでもそんなことしません。でも……気付かなかったんです。つけられてたなんて』

「つけられてた？　雑誌記者に？」

『はい。同じ舞台に出る役者さんを劇場の楽屋でインタビューした帰り、新大阪駅で僕を見つけたようです。劇場までは駅から歩いていけるのに、僕が在来線乗り場に向かったものだから、いったいどこへ行くんだろうって不思議に思ってつけてきたみたいです。そうしたら、僕が先輩に会ったもんだから……』

「くそっ、あのときか！　そういう理由かよ！」

海里は歯噛《はが》みし、漏れ聞こえる李英の話をどうにか聞き取ったらしき夏神も、低く唸《うな》る。

『そのときに盗撮された写真が、今朝発売になった写真週刊誌に載っちゃってるんです』

ようやく事情が飲み込めて、海里は引いていた血の気がゆっくりと頭に戻ってくるのを感じた。

事態はこれっぽっちも好転してはいないが、前回、スキャンダル記事が雑誌に載ったときはもっと酷い目に遭ったので、嫌な意味でこの手の災難に慣れてしまったのかもしれない。

さっきよりは少し気を落ち着けて、海里は再び口を開いた。

「それで、急に芸能レポーターやカメラマンが詰めかけてきたってわけか」

『ああ……やっぱりそんなことに』

「なってるよ。店の前に群がって、今も俺の名前を下から呼んでる。はは、まだ俺みたいなのでもワイドショーのネタになるんだな。もうすっかり忘れられてると思ってた」

自嘲《じちょう》めいた海里の口調に、スピーカーの向こうで李英が明らかに戸惑う気配がした。

『当たり前じゃないですか。先輩は、そんなに簡単に忘れられるような存在じゃないですよ！』

「んなこと言ってくれんのは、お前くらいだって。ってか、お前は？　お前も巻き添え食って、俺と一緒の写真撮られたりしてんのか？　記事に名前出されたりとか？　そもそも俺に会いに来たことがバレて、事務所に怒られたんじゃないか？　大丈夫か？」

ようやく李英の心配をする余裕が出てきた海里の矢継ぎ早な問いかけに、李英は電話越しでもわかる涙声で答えた。

『僕は平気です。怒られ……はしましたけど、でも、それだけですから』

「お前の写真は出てないんだな？」

『マネージャーの話じゃ、僕の事務所には事前に連絡があったらしくて、僕については何も書かれてないんです。一緒に写ってる写真もあったんでしょうけど、雑誌には掲載されてません。たぶん、僕に関しては、事務所が圧力を……』

「なるほど。お前の事務所には俺を守る義理はないから、勝手にひとりで晒されろってことかよ」

『すいません！　僕、ずっと大阪にいたから、今朝、マネージャーに週刊誌を見せられるまで、全然知らなくて。早く先輩に知らせなきゃって思ったんですけど、マネージャーから関わり合いになるなって監視されてて、なかなか電話できなかったんです』

「……あー」

海里は渋い顔で頷《うなず》く。

李英が所属しているのは、有名芸能人が多数在籍していて、歴史も長い大きな芸能事務所だ。

ずっと地味な活動を続けてきた李英が、ようやくブレイクのチャンスを摑んだ今回の舞台は、彼自身だけでなく、事務所にとっても大切な仕事である。

公演期間中である今、李英が芸能界を追放された海里に連絡を取ることなど、あの事務所が許すはずもない。

それでも李英は、ひたむきにこう言った。

『僕、今からタクシー飛ばして、そっちへ行きます！』

李英の言葉が聞き取れたのだろう、スマートホンに頭を寄せていた夏神が「おいおい」と思わず声を上げる。海里も、慌てて李英を制止した。

「馬鹿、お前が来てどうすんだよ！　余計に話がややこしくなんだろが！」

『だけど、先輩ひとりを大変な目に遭わせて、そもそもの原因である僕が涼しい顔をしてるなんて、そんなの我慢できません！』

「待てってって！」

海里は思わず大声を上げた。

途端に、スピーカーからＢＧＭのようにずっと聞こえていた金属音が止まる。階下に向かって非常階段を下り続けていた李英の足が、驚いて止まったものらしい。

とにもかくにも後輩の動きを止められたことにホッとしつつ、海里は噛《か》んで含めるように言った。

「お前、死ぬほど大事な舞台の最中だろ。今日、昼公演《マチネ》はないのか?」

『あります……けど……』

「あるんだったら、今、こんなことしてる場合じゃないって。いいからもう、俺のことは気にすんな」

『先輩、だけど僕のせいで、先輩に迷惑がかかってるのに……』

「迷惑は今さらだ」

『海里先輩……』

「お前がこないだ思い出話に出したミュージカルの初日っから、お前はずっとそうだよ。俺だって吐きそうに緊張してたのに、お前ときたら隣でぴゃーぴゃー泣き出すし！　おかげで俺、ビビり損ねたぞ」

『………』

「大千秋楽のカーテンコールのときだってそうだ。涙がこみ上げてきた瞬間、お前が号泣しながら抱きついてきて、俺の涙はうっかり引っ込んじまった」

『うう……』

「今だって、泣きたいのは俺のほうなのに、また先に泣きやがって。泣いてんだろ。声から丸わかりだぞ」

冷やかす海里に、李英は消え入りそうな小さな声で答える。

『……はい』

とても笑えるような状況ではないのだが、海里の薄い唇には、思わず微《かす》かな笑みが浮かんだ。

「ほらみろ。大迷惑だけど、お前がそうやって泣くから、俺がいつでも強がったり、実力以上の力を出せたりしたんだよな、これまで。今だって、お前が先に泣いたから大丈夫だ。こっちは俺がどうにかすっから、お前は心配すんなよ」

『だけど、先輩』

それでもなお食い下がる李英に、海里はきっぱりと言い渡した。

「こんなことでオタオタすんな！ そんなだから、イケメン俳優とかってバカにされんだぞ。ミュージカルやってた頃、演出家の先生に言われたろ？ 俺たちにとっては長い公演の一つでも、お客さんとは一期一会だって。いい加減な気持ちで舞台に上がるな。集中しろ、集中！」

『は、はいっ！』

まるでミュージカル時代のように、李英はいい返事をした。

『でも先輩、僕に出来ることがあったら何でも……あっ』

スピーカー越しに、館内放送で李英の名が呼ばれているのがわかる。海里は苦笑いで後輩を促した。

「ほら、呼び出し食らってんじゃねえか。とっとと行けよ」

それでもなお、すみませんと謝罪の言葉を繰り返す李英に焦《じ》れて、海里は自分から通話を切った。そして、熱を帯びたスマートホンを布団の上にポンと投げた。

「……ってわけ。だいたい聞こえた？」

海里の問いかけに、彼から身を離し、畳の上に胡座《あぐら》をかき直した夏神は、大きな手でザンバラ髪を掻《か》いた。

「聞こえた。まあ、あの兄ちゃんが原因とはいえ、悪気があってのことやのうてよかったな」

「ん……まあ、それは確かに。でも、それがわかったたって、お手上げの現状が変わるわけじゃねえけど」

「何や、お前さっき、どうにかするて兄ちゃんに言うてたやないか。外のあいつらを散らす策が、何ぞあるん違《ちゃ》うんか？」

意外そうな夏神に、海里は苦笑いで肩を竦《すく》めた。

「ねえよ。つか、そんなのあるわけないし」

「何や、ハッタリか」

「そうとでも言わないと、李英の奴が気にするだろ。……ほら、何しろ俺、強がるキリギリスだから」

数日前の自分の台詞《せりふ》を引用され、夏神はホロリと笑って海里の頭を小突いた。

「言いよるわ。せやけど、つくづく芸能人っちゅうんは大変やな。辞めてもこないして追われるんか」

「だってほら、特に資格がある職業じゃないし。こっちが辞めたつっても、相手がそれを受け入れるかどうかは別問題なんだよな」

「なるほどなあ。難儀なこっちゃ」

夏神は呆《あき》れ顔で首を振った。二人が口を噤《つぐ》んだタイミングを見計らったように、ロイドがごく控えめに会話に入ってくる。

『窓の外の者どもは、我が主《あるじ》のお出ましを求めているようでございますが……』

海里は盛大な顰《しか》めっ面《つら》で、セルロイドフレームの眼鏡を見下ろす。

「お出ましなんて優雅なもんじゃねえよ。ここに来る前に俺がやってたこと、お前にも話してやったろ、ロイド」

人間の姿になれる夜ならば、きっと大きく頷いたことだろう。そんなアクションが容易に想像できる声音で、ロイドは答えた。

『はい。我が主は、人前で歌舞音曲、及び料理の腕前を披露しておられたとか』

古い眼鏡が口にしたあまりにもクラシックな表現に目を丸くしつつも、海里は曖昧《あいまい》に頷いた。

「お……おう、歌舞音曲ってか、まあそうなんだけど。それを辞める羽目になった理由も、軽く喋《しゃべ》っただろ」

『はい、伺っております。うら若き女優相手に不埒《ふらち》な振る舞いをなさったと濡《ぬ》れ衣《ぎぬ》を着せられ、しかしながら女優の名誉を守るべく、我が主が紳士らしく沈黙を貫かれた由、このロイド、感服しつつ拝聴致しました。外にいる者どもも、そうした我が主の美徳を讃《たた》えんと……』

「そういうこっちゃねえ」

いつにも増して長いロイドの話を乱暴に遮り、海里は投げやりに言った。

「その余波が、まだ続いてんだよ。シェフ気取りだった俺が、芸能界を追われた後、地方のちっこい定食屋で働いてるなんて、どっからどう見ても落ちぶれまくってて、マスコミの連中には面白いんだろ……って、ごめん、夏神さん。店の悪口を言うつもりじゃないけど」

「わかっとるわ。事実やねんから気にせんでええ」

夏神は深い溜《た》め息をつき、太い腕を組んでロイドを見下ろした。

「お前の言うとおり、外におる連中は、イガに出てきてほしがっとる。せやけど、それはこいつを讃えるためやない。むしろ晒《さら》し者《もん》にするために待ち構えとるんや」

『はて、晒し者とは穏やかではありませんな』

「まったくもって穏やかじゃねえよ。……なあ、夏神さん」

「ん？」

海里はもそもそと正座に座り直すと、両手を腿《もも》の上に置き、夏神に深々と頭を下げた。

「ごめん。巻き込んじまった」

「……お?」

いきなり改まった態度に出た海里に、夏神は戸惑いつつもつられて正座し、海里と向かい合う。

海里は神妙な面持ちで言った。

「俺、前いた事務所の社長と、あのスキャンダルについては何も言わないって約束したんだ。俺が余計なこと言うと、たぶん事務所の他の所属タレントたちに迷惑がかかるから」

「せやけど、お前はもう、その事務所をクビになっとるんやろ？」

「まだ所属してた時のトラブルが元だから、無関係じゃない。相手の女優の事務所がでかいからさ、圧力をかけられたら弱小芸能事務所なんて、ひとたまりもないんだ。解雇されたんだからもう関係ないだろって思うかもだけど、やっぱ、あの事務所の社長にはお世話になったから」

「ふむ。お前のそういう義理堅いとこは嫌いやない。で、今の状態はまだ、前の事務所に迷惑がかからん程度のアレなんか？」

海里は少し考えてから、こっくり頷《うなず》いた。

「今はまだ俺の居場所が知れただけだから、俺だけの問題だ。大丈夫だと思う。だけど」

夏神は頷き、先を続けろと視線で促す。海里は、躊躇《ためら》いがちに口を開いた。

「だけど、あいつらの前に出て行けば、どう考えても何も言わずには済まない。帰ってくださいって頼んで、手ぶらで帰ってくれる連中じゃないし。だから……ええと、情けない作戦かもしれないけど、あいつらが諦《あきら》めて解散するまで、ここに籠城《ろうじょう》するしかないかなって」

「それが無難やろうな」

夏神も腕組みしたままで相づちを打つ。

「だけど、あいつら夜まで居座るかもだし、俺だけじゃなく、夏神さんが外に出るのも、少なくとも今日はヤバいと思うんだ。きっと出て行くなり勝手に顔映されて、俺のことを訊《き》かれまくる」

「せやろな」

やはり夏神はムスッとした顔で短く応じる。海里は、そんな夏神のいかつい顔を怖々見て言った。

「その……つまり今日は、店……」

「しゃーない。今日は臨時休業や。俺も籠城に付き合う以外ないやろ」

夏神はきっぱりとそう言い、立ち上がった。海里は途方に暮れた顔で、夏神を見上げた。

「夏神さん……。マジでごめん、迷惑かけて」

「何を心細そうな顔しとんねん、アホ。家ん中におる限り、お前は安全や。たとえあいつらが押し入ってきても、俺が片っ端から放り出したる。安心せえ」

そう言うと、夏神はようやくニッと笑った。途端に、ギョロ目の脇に人懐っこい笑いじわが寄る。

「けど、今日使うはずだった食材とか」

「冷凍できる状態まで処理して、フリーザーにガツガツ詰め込むしかあれへんやろ。どうしてもあかんもんは、夜に俺とお前とロイドで食うたらええこっちゃ」

「あ、じゃあ、せめて処理手伝う」

「お前は、もうちょい気持ちを落ちつかせてから降りてきぃ。今のままやったら、包丁で指をすっぱりいくで」

そう言って片手を軽く振ると、夏神は部屋を出て行く。

襖《ふすま》が閉められ、夏神が階段を下りていく音を訊きながら、海里はガックリと肩を落とした。

『大丈夫ですか、我が主。お気を確かに』

心配そうに呼びかけるロイドのほうを見て、海里は「大丈夫じゃねえよ」と独り言のように呟《つぶや》いた。

『我が主……』

「俺、こんな風に記者に詰めかけられて家から出られなくなるの、ここ半年で二度目だぞ。しかもそのたび周りの人に迷惑かけて、自分では何もできなくてさ。くそっ」

悔しさ紛れに怒鳴れない分の憤りを込めて、海里は畳を拳《こぶし》で叩《たた》いた。古い畳とその下の床板が、乾いた音を立てて軋《きし》む。

『まだ、飽かず我が主の名を呼んでおりますなあ、外の連中は。熱心なことです』

ロイドは、まるで鳥の声に耳を傾けているような調子で感心する。

確かに、海里が窓から再び顔を出すとでも思っているのか、歩道から彼の名を呼ぶ男女の声が、窓越しにはっきり聞こえる。

ガラスが割れないので石ではないだろうが、時折、小さな物体が窓に向かって投げつけられたりもしている。挑発に焦《じ》れて、海里が店の外に出てくるのを期待しているのだ。

『あの者たち、店に押し入ってきたりはせぬものでしょうか？』

「あいつら、犯罪すれすれなことは平気でやるけど、ホントに警察呼ばれるようなことは、最近はしないって聞いてる。そういう騒ぎはネットですぐ広まるから、慎重になってるらしい。だから、大丈夫だろ」

自分に言い聞かせるように言うと、海里は勢いをつけて立ち上がった。

「とりあえず、顔、洗ってくるわ」

そう言って足音を忍ばせて部屋を出て行く主を、齢《よわい》百年になろうとするセルロイド眼鏡は、なすすべもなく見送った……。

その後、食材を日持ちする状態に処理し、必要なものを小分けにして冷凍してしまうと、これといって何もすることはない海里と夏神は、茶の間で延々とワイドショーを見た。

幾度も繰り返し、「ばんめし屋」の外観と、一度だけ窓を開けてしまったときの海里の寝起きの顔が画面に現れる。

数人の「近所の住人」とやらも登場してコメントしていたが、その誰も、二人には見覚えがなかった。

そもそも店の両隣は警察と教会で、近隣には住宅などないのだ。いったい、どれほど離れた場所に住む人々にインタビューしたやら……と、海里は呆《あき》れるばかりだった。

「おーおー、これ、うっかり外に出とったら、俺もこうしてテレビに出とったわけか。デビューし損なってしもたな」

夏神は冗談めかしてそう言ったが、海里には軽口を叩き返す元気も残っていなかった。

日が暮れてロイドが人の姿になってから、彼らは日持ちのしない食材でやや豪勢な夕食を作り、三人でちゃぶ台を囲んだが、そのときも海里だけはろくに箸《はし》が進まなかった。

何しろ、絶えず誰かが店の引き戸を叩き、海里に出てこい、話を聞かせろと呼びかけ続けているのである。

夏神は「だんだん蚊の羽音くらいに思えてきたわ」と言ったが、当事者である海里はそれどころではない。夏神への後ろめたさも手伝い、気が塞《ふさ》ぐばかりである。

結局、報道陣が店の前から消えたのは、日付が変わる頃だった。

それとて、「誰もいなくなった」という意味ではない。おそらく周囲に数人のカメラマンが残り、海里の姿を何とかして撮影しようと張り込んでいるに違いない。

「まあ、今夜はもう寝ようや。珍しく、暗いうちに眠るんも悪うない」

夏神はさすがに少し気疲れした笑顔でそんな軽口を叩き、海里を茶の間から追い出した。

自室に引き上げた海里は、灯りをつけないまま、布団の上に力なく座り込んだ。

今朝、うっかり窓から顔を出してしまったので、記者たちは、そこが海里の部屋だとあたりをつけているはずだ。点灯すれば、せっかく引き上げた記者連中がまた戻ってきてしまうかもしれないと考えたのだ。

幸い、磨《す》りガラス越しに外の光が僅《わず》かに入るので、しばらく座っていれば暗がりに目が慣れてくる。

終日窓を閉め切っていたので、室内は夜になっても酷《ひど》く蒸し暑い。じっと座っていても、海里の額や首筋には汗が浮かび、幾筋も肌の上を流れ落ちた。

壁の向こうから聞こえる物音が消え、静かになるまで待ってから、海里はゆっくりと行動を開始した。

東京から逃げ出したときに持って来たバックパックを部屋の片隅から引っ張り出し、クローゼット代わりの樹脂製の収納ケースに入れてある服を入れ始める。

物音を立てないよう、慎重に荷造りをしている主《あるじ》の姿を、人間の……初老の白人男性の姿になったロイドは、畳の上に体育座りをしてじっと見守っていた。

だが、ついにたまりかねたのだろう。海里の傍ににじり寄り、呼びかける。

「我が主、もしや」

海里は険しい顔つきで、唇の前に人差し指を立てた。

「しーっ。夏神さんを起こしちまったら、元も子もないだろ。もっと声を抑えろよ」

するとロイドは、片手で自分の口を塞ぐ仕草をしてから、ヒソヒソ声で問いかける。

「これは失礼致しました。しかし、やはりここを出て行くおつもりですか？ いったいどこへ行かれるのです？」

「そんなの、考えてねえよ。だけど俺のせいで、今日一日を無駄にさせちまったんだ。こんな迷惑かけて、平気な顔でここにいるわけにはいかないって」

「ですが、夏神様は気にするなと仰せでした」

大真面目に言い返してくるロイドに、海里は呆れ顔で囁《ささや》き返した。

「夏神さんはいい人だからさ。自分から俺に出て行けとは言えないだろ」

「それは……確かに仰るとおりでございますね」

「だけど、きっとあいつら、明日《あした》も明後日《あさって》も……つまりは俺がここにいる限り、朝から店の前に陣取って、俺を待ちかまえるはずだ」

「それとて、永久にというわけではありますまい。耐え忍んでいれば、いつかは諦《あきら》めましょう」

「そりゃそうだけど、そう何日も、俺のせいで店を休ませるわけにいかないだろ？　夏神さんの懐は余裕アリアリってわけじゃないだろうし、お客さんだって離れちゃうし」

「なるほど」

「おまけに俺がいるって知れちまったから、店を開けても、取材目的の奴とか、冷やかし客とかが来るかもしれない。夏神さんに迷惑掛ける流れしか思いつかねえよ」

「ははあ、そのようなことまでお考えでしたか」

妙に感心しきりのロイドに構わず、海里は無表情にこう続けた。

「俺さえ出て行きゃ、明日の朝、夏神さんが『あいつはもういません』って言えば、話は片付く。俺が前いた事務所に迷惑かけることもないし、夏神さんが厄介な目に遭うこともない」

やけに淡々とそう言いながら、海里の手は休むことなく、バックパックの容量が許す限り、片っ端から当座の生活に必要そうな荷物を詰め込み続ける。

「お前はどうする？　ここに残るんなら、夏神さんにお前のこと頼むって、置き手紙をしていくけど」

「何を仰《おっしゃ》いますか！　このロイド、主と定めたお方を見限るようなことは致しません。たとえ我が主が泥を啜《すす》るような身の上になられましても、このロイド、決してお傍を離れませんよ！」

「すぐにそうなるわけじゃねえよ。貯金だってそれなりにあるんだし」

眼鏡の悲壮《ひそう》すぎる決意に声を出さずに苦笑いして、海里は肩を竦《すく》めた。

「わかった。そんじゃ連れてってやる。次の居場所が決まるまでは旅暮らしだけど、文句言うなよ」

「不平など申すものですか。では、失礼して」

置いていかれてはたまったものではないと思ったのか、ロイドはそう言い終えるが早いか、眼鏡の姿に戻る。

ロイドをTシャツの襟に引っかけ、バックパックのファスナーを閉めて、海里は小さく呟《つぶや》いた。

「たった三ヶ月ちょっとで、荷物、増えちまったな。全部は持っていけないや」

それから立ち上がると、置いていく荷物の中から筆記用具を探し出し、レシピ帳に使っているノートを一ページ破る。

海里は小さなテーブルに向かい、暗がりに苦労しながらも、夏神に短い手紙を書いた。

「短い間でしたが、お世話になりました……と」

お礼の言葉を不格好な字体で綴《つづ》っていると、夏神と出会ってから今日までの生活がどれほど充実していたかを痛感し、次から次へと思い出が蘇《よみがえ》ってきて、目の奥がジンと熱くなってくる。

(何で俺、こんなになくし続けなきゃいけないんだろ。全部置いて逃げて、また見つかって逃げるのか。次はどこへ行って、何をすりゃいいんだよ。つか、俺が何したって言

うんだ）

ロイドには強がってみせたが、心の中には絶望と悲しみと憤り、不安といったネガティブな感情しかない。

希望などどうすれば見つかるのか、神様に問い質《ただ》したい気分だった。

それでも、たった三ヶ月あまりだったが、居心地の良い住み処《か》とやり甲斐《がい》のある仕事を与えてくれた夏神を、これ以上自分絡みのトラブルに巻き込むわけにはいかない。

直接言えない分、感謝と謝罪の気持ちを思いきり込めて書いた「ありがとうございました」は、筆圧が強くなりすぎて、ボールペンの先端が紙を破ってしまった。

「……これでよし。ほんじゃ行くか、ロイド」

『はい。このロイドがついております。お泣きにならないでください、我が主よ』

「泣いてねーし」

『お心の内では、夏神様と別れがたく、滂沱《ぼうだ》の涙を流しておいででしょうに。おいたわしい』

「……勝手に人の心の中を演出すんな、バカ」

吐き捨てながらも、海里は、心密《ひそ》かにロイドに感謝していた。

今、ひとりぼっちなら、きっと彼は我慢できずに泣いてしまっていただろう。

ロイドがいるからこそ、虚勢を張り、どうにか平静を保っていられるのだ。

海里は立ち上がり、バックパックを右肩に引っかけると、すっかり慣れ親しんだ自室を出た。

名残惜しさを振り切るように襖《ふすま》を閉め、足音を忍ばせて廊下を歩き、軋《きし》む階段を一段ずつゆっくり下りていく。

（店の表から出たら、見つかっちまうだろうな。裏口から闇に紛れて国道まで出るか。そっからJRの始発を待って……ああいや、歩いて、ちょっと離れた駅で始発電車を捕まえたほうがいいかな）

これからの段取りを考えながら、真っ暗な中、やはり壁に手を添えて、すり足で一階カウンターの奥にある裏口へ向かおうとした海里は、突然明るくなった視界に思わず驚きの声を上げた。

「おわっ!?　な、な、夏神さんっ!?」

客席にある照明スイッチに手を掛けているのは、てっきり寝ていると思っていた夏神だったのだ。

Tシャツと派手な柄のステテコという格好の夏神は、店の真ん中に仁王立ちになり、海里を睨《にら》みつけた。

「思ったとおりや」

ボソリと吐き出された言葉は、明らかに怒気を含んでいる。

「な……なん、で？」

「何でもクソもあるかい。お前のすることくらい、お見通しやっちゅうねん」

「けど……」

「けどもヘチマもあれへん。ちょー、上に来い。ここで騒いどったら、またあいつらが寄ってくるんやろ」

そう言うなり、夏神は海里の横を通り抜け、足音荒く階段を上がっていく。

『どうやら夏神様は、我が主《あるじ》の行動を予測しておられた模様ですな』

「……るっせえ。黙ってろ」

さっき感謝したばかりのロイドに悪態をつき、海里はなおも躊躇《ちゅうちょ》して階段と裏口を見比べた。

（夏神さん、怒ってたな……）

おそらくここで夏神の言葉を無視して裏口から出て行こうものなら、彼は追いかけてきて、殴り倒してでも海里を連れ戻すだろう。

話し合いをするまでは、海里にはここから出て行くことが許されていないのだ。

「やっぱ……ちゃんと挨拶《あいさつ》してから出て行けってことだよな」

はあ、と小さな溜《た》め息をつき、海里は店舗の灯りを再び消すと、バッグを背負ったまま重い足取りで二階に戻った。

家の中で唯一灯りがつき、エアコンが効いている茶の間に入ると、夏神は布団の横で胡座《あぐら》をかき、腕組みしていた。

「その……し、失礼、します」

顎《あご》で座れと指示され、海里はバッグを畳に下ろすと、おずおずと夏神の前に正座した。夏神は、海里を見据えたまま黙っている。海里も、自分から何かを言うのも変な気がして、口を開くことができない。

さっき黙っていろと命じられたので、普段はお喋《しゃべ》りなロイドも神妙に沈黙を守っている。

狭い室内に、息苦しい空気が澱《よど》み始めた頃、夏神が深い溜め息と同時に言葉を吐き出した。

「どうせ、俺に迷惑かけへんようにとか、しょーもないこと考えたんやろ」

図星を指されて、海里はウッと口ごもる。夏神は、呆《あき》れ顔で首を振った。

「あのなあ。俺はお前の師匠やぞ。忘れたんか」

「忘れてなんか、いない！　だけど」

「師匠は、弟子に迷惑かけられるんも仕事のうちや。こないなことは、何でもない」

夏神はそう言ったが、海里はムキになって食い下がった。

「何でもなくないだろ！　一日棒に振らせちまったし、こんな状態がいつまで続くかわかんないし。俺さえ出て行けば、ことはさっさと片付く……」

「俺は、ことをさっさと片付けたいなんていっぺんも言うてへん。そんなことは、思ってもおらん。俺が望んどるんは、お前がここで片を付けることや」

「は？」

夏神の意外過ぎる反応に、海里は正座したまま硬直する。眼鏡姿のままのロイドも、『なんと』と小さな声を上げた。

夏神は、両手を畳につき、海里のほうへずいとにじり寄った。

「お前は犯罪者やない。居場所がバレたから言うて、逃げる必要はあらへん……っちゅうか、逃げるべきやない。ここを出たとしても、またどっかで同じようなことになるんやろが。そないなことを繰り返して、何になるんや。何にもならんやろ」

それは完膚なきまでの正論であり、海里の胸にわだかまる憤りや疑問を端的に表した言葉でもある。

酷《ひど》く無神経に心に切りつけられた気がして、海里は思わず声を尖《とが》らせた。

「だけどさ、さっき言ったろ。あいつらは、例の女優とのことで、俺から弁解を聞きたがってる。そんで俺はそれを言っちゃ駄目で……」

「それは聞いた。せやけど、それ以外のことは言うてええんやろが」

海里は戸惑いながらも、小さく頷《うなず》く。

「それはそうだけど……何を言えってのさ？　どうしろっての、俺に」

「ここで、追われて逃げての連鎖をぶち切るために、お前が出来ることは一つだけや、イガ」

そう言って、夏神は海里の情けない顔をじっと見た。いかつい顔にはまだ怒りの色が残っていたが、ギョロ目に宿る光は温かい。

「俺が……出来ること？　そんなの、ここに籠《こ》もる以外にないだろ」

「ある」

力強くそう言って、夏神は海里の肩に右手を置いた。分厚い手のひらの温もりが、シャツ越しに海里の身体に伝わる。

「ええか。過去のことは言わんでええ。せやけど、ここに来てからのことは話せるやろ。この店で、お前が一生懸命働いてきたこの三ヶ月ちょいの話をしたれ」

「ここに……来てからの話？」

「そうや。あいつらに教えたれ。あいつらが期待しとる『五十嵐カイリ』とかいう芸能人は、もうおらんのやと。今日一日考えたけど、それが唯一、お前が連中から解放される手立てや。お前が自力で出来るただ一つのことで、お前がひとりでやりきらなあかんことや」

夏神の朴訥《ぼくとつ》な言葉が、カイリの怯《おび》える心にゆっくりと染み込んでいく。

ひとりでマスコミに立ち向かえと言いながらも、夏神の声からは、「俺がついとる」という無言のメッセージが伝わってくる。

その温かさに、いったんは出て行くと決めた心がグズグズと解け崩れていくのを感じながらも、海里はなお食い下がった。

「けど！　あいつら、そんなにあっさり引き下がらないかもだよ？　この先、店にも夏神さんにも、ずっと迷惑がかかるかもしれない」

「アホ。師匠をあなどるんも大概にせえよ。自分に降りかかった火の粉は、自分で払う。お前の頭に降りかかった奴も、ここにおる限りは、俺が払うたる」

「夏神さん……」

「せやけど、お前の人生を、代わりに切り拓《ひら》いてやることはできへん。それはお前が自分でやらなあかんことや。……わかるか」

まるで泣くのをこらえる幼子のように、海里は唇を引き結び、何度も頷く。

軽く俯《うつむ》いた海里のつむじのあたりをクシャクシャと撫《な》でて、夏神は言った。

「わかったら、部屋に戻って寝ぇ。心細かったら、ロイドに添い寝でもしてもらえ」

「……そんなの、絶対頼まねーし！　ひとりで寝るし！」

うっかりいいことを言ってしまった帳尻合《ちょうじりあ》わせのようにからかう夏神に、海里は半べそを掻《か》きながらも強がり、わざと不機嫌を装って立ち上がったのだった。

そして、午前二時過ぎになって、布団の上に横たわったもののまんじりともしていなかった海里は、むくりと起き上がった。

眠気は欠片《かけら》ほども訪れず、休まず考えを巡らせ続けて、ようやく一つの結論に達したのだ。

再びお馴染《なじ》みのスタンドに収まり、じっと主の決断を見守るロイドの気配を感じながら、海里はスマートホンを手にした。

そして、登録はしていたものの、二度とかけることはないだろうと思っていた人物に、電話をかけてみる。職業柄、まだ眠ってはいないはずだ。

『もしもし？　ちょっとあんた、こんな時刻に自分から連絡してくるとはいい度胸ね。あんたのせいで、今日は大忙《おおいそが》しだったわよ？　既に解雇したタレントのせいで、マスコミ対応するだけで一日丸潰《まるつぶ》れ！　今ようやく食事中なんだけど、何か用？』

呼び出し音二回で、挨拶抜きにいきなりつっけんどんかつハスキーな女性の声が聞こえてくる。想像はしていたものの、あまりの勢いに圧倒され、海里は目を見張る。

電話の相手は、デビュー前から芸能界追放までずっと所属していた事務所の社長兼マネージャー、大倉美和《おおくらみわ》だ。

母親より少し若い年齢の彼女には、いつも小言を言われてばかりだった。だから今、明らかに怒った声を聞いても、海里の胸にはかえって懐かしさがこみ上げてくる。

「う……す、すんません、美和さん」

反射的に謝った海里に、美和はますますヒートアップして声を張り上げる。

『すんませんじゃないわよ！　ったく、ほとぼりが冷めるまで実家で大人しくしてなさいって、あたし言ったわよね？　何なの？　定食屋でバイトとか。まだ料理人を気取ってんの？　それとも何、お金がないとか？　あんたの実家、あんたを一年や二年養えないくらい困ってんの？　だったら一言言っときなさいよ』

以前の海里なら、「ちげーよババア！」と癇癪《かんしゃく》を起こし、売り言葉に買い言葉の言い争いになっていただろう。

だが今の彼には、怒りながらも海里の経済的事情を気にしてくれる、美和の心根の優しさがわかる。

だから海里は、自分でも驚くほど冷静に、これまでの成り行きを説明することができた。

最初こそ憤然としていた美和も、一連の出来事を知り、少し気持ちが落ちついたらしい。まだ硬い声音ではあったが、いつもの冷静な調子でこう言った。

『なるほどね。じゃあ、真面目に住み込みで料理修業をしてたんだ。勝手に芸能界復帰を企《たくら》んで、こんな騒ぎを起こしたわけじゃなかったのね？』

「当たり前だろ。俺にそんなつもりはビタイチないし、そもそも李英はそんなことに力を貸すような奴じゃねえって」

『確かに。……ねえ。解雇した人間にこんなこと言う義理はないけど、早いところその店は辞めて、ご実家に置いてもらえるようにもう一度頼んだほうがいいわよ。焦るでしょうけど、やっぱり当分は何もしないほうがいいわ。芸能界は、小さなことで馬鹿みたいに騒ぐけど、忘れるのも早いもの。あんただって、いつかは……』

解雇を宣告し、海里を冷淡に突き放した美和だが、やはり自分の担当タレントだっただけあって、本当はまだ情が残っているのだろう。そんなアドバイスを口にしようとする。

それを柔らかく遮って、海里はこう告げた。

「俺、実家に戻るつもりはないんだ。ここから出て行くつもりもない。つか、そのつもりだったけど、ついさっきやめた」

『そんなこと言っても、どうするつもりよ。このままじゃ、お店に迷惑がかかるでしょうに』

相変わらず母親めいた美和の言葉を聞きながら、海里はこう言ってみた。

「ん……俺も、もう美和さんに頼める立場じゃないってわかってるけど、ひとつだけ、俺の頼みを聞いてくんないかな。今から、あっちこっちにＦＡＸを流してほしいんだ。明日《あした》……いやもう今日だな。今日の午後二時、俺が店の前で囲みを受けるって」

スピーカーの向こうで、美和が息を飲む。それでも海里は、彼女が何か言う前に言葉を継いだ。

「ちゃんと、自分の言葉で話したいんだ。勿論《もちろん》、約束は守る。あのことについては、絶対何も喋《しゃべ》らない」

『だけどあんた、その時間帯じゃワイドショーの生放送中だから、リアルタイムに映像が流れちゃうわよ？』

「それが狙いだよ。適当に編集されて、いいように俺の気持ちをねじ曲げられるのはご免だから」

海里は強い口調でそう言った。美和はしばらく黙り込み、それからこんなことを口にした。

『朝イチの新幹線で、あたしもそっちへ行こうか？』

そんな、ついマネージャー時代に気持ちが戻ってしまったらしき美和の言葉に、海里の緊張していた頬が僅《わず》かに緩む。

「駄目だって。元の事務所の社長が一緒に取材受けてたら、それこそおかしいだろ。俺は、一般人の五十嵐海里として喋るんだから。とにかく、連絡だけ頼むよ」

美和は、また黙り込む。だが、溜《た》め息に続いて聞こえた彼女の声には、戸惑いと感心が半分ずつ交じっていた。

『……それもそうよね。馬鹿なこと言ったわ。何だかちょっと会わないうちに、急にあんたがオトナになった気がする。ま、気のせいでしょうけど』

「せっかく褒められたと思ったのに、酷《ひで》ぇな」

『あんたなんか、死んでも褒めるもんですか。わかった。各方面に、これから文書を流す。囲み取材は、事務所のテレビで見ることにするわ』

海里も笑って頷《うなず》く。

「そうしてくれたら助かる。……あのさ、別れるときは慌ただしくて言えなかったから、最後にこれだけ。美和さん、色々、ホントにありがとう。あんな形で辞めることになって、マジでごめんな。いつか、恩返しできるように……」

いい機会なので、きっちり謝罪と感謝の気持ちを伝えよう。海里はそう思ったのだが、今度は美和が彼の言葉を乱暴に遮る番だった。

『恩返し？　ちょっと、勘違いしないでよね。あたしは、自分の仕事をしただけ。タレントを育てて、世話して、クビにした。それだけよ。じゃあね……明日の健闘を祈ってるわ』

海里の返答を待たず、美和は通話を切った。

スマートホンを枕元に起き、海里は再びゴロリと布団の上に寝転がる。

「はー……これでとうとう、五十嵐カイリとお別れだな」

我知らず、そんな独り言が漏れた。

美和に電話するまでは緊張で心臓がバクバク言っていたのだが、それも今は平静に戻り、大きな試練を前にしているというのに、気持ちは妙に穏やかだった。

(口を噤《つぐ》んで逃げることしか、俺、考えてなかった。マスコミから逃げてるつもりで、俺、芸能人でなくなることから逃げてたのかもしれない。ただの五十嵐海里になることが、ホントは何より怖かったんだな)

ここで料理修業に励むと心に誓いながらも、やはりどこかで、華やかな芸能生活に対する未練が断ちきれなかった。

マスコミに居場所を嗅《か》ぎつけられたことは不運だと考えていたが、実は、自分の中途半端な心が招き寄せた当然の結果だったのかもしれない。

そう思うと、色々なことが不思議にストンと腑《ふ》に落ちて、海里は右手をそっとTシャツの胸元に当てた。

夏神が無骨な手で与えてくれた火種が、胸の奥底でジワジワと燃え続けているのが感じられる。

『我が主《あるじ》は、良き知己に恵まれておいでですな』

じっと聞き耳を立てていたらしきロイドが、いかにも感に堪えないといった声で言った。

「黙ってろって言ったろ。けど、マジでそうだな」

海里は目を閉じて、ロイドに同意した。

まだ何一つ解決してはいないのだが、心が整ったことで、睡魔が忍び寄ってくる。

「俺は、出会いに恵まれてる。……かろうじてお前も含めてな、ロイド」

どうにも照れるので、いかにも付け足しのように早口にそう言って、海里は寝返りを打ち、ロイドに背中を向けた……。

*　　　*

そして、問題の午後二時。

いつものようにTシャツとジーンズの上から洗いざらしのエプロンを身につけた海里は、店の引き戸を開け、堂々と外に出た。

途端にシャッター音と、二十人ほどの人々に一斉に囲まれる。

美和の連絡のおかげで、各放送局ワイドショーのレポーターとカメラマンが、ひととおり揃っているようだった。

昼間はあまり人通りがない場所とはいえ、昨日、ワイドショーを見たのだろう、野次馬とおぼしき人々も、遠巻きに見守っている。

あまり取材が長引けば、隣の芦屋警察署から警察官が出てきて、また別の厄介事になるかもしれない。

(早く片付けなきゃな)

海里はそう考えながら、周囲を見回した。

カメラやマイクを向けられることには慣れっこなので、むしろ、店から出る前よりずっと、気持ちは落ち着き払っている。

逆に、海里が誰のサポートもなしにひとりだけで出てくるとは思わなかったらしく、マスコミ陣のほうがむしろ少々戸惑った様子である。

「あのっ、五十嵐カイリさん！　早速ですが、早瀬《はやせ》みゆさんとのスキャンダルについて、五十嵐さんから事情説明をお願いしたんですが！　あと、いったいどうしてこのお店に住み込んで……」

勇敢にも先陣を切った若い女性レポーターを片手で礼儀正しく制して、海里は一つ大きな咳払《せきばら》いをした。皆が黙って自分に注目していることを確認してから、何本も突きつけられたマイクに向かって口を開く。

「最初に言っておきます。俺は以前所属していた事務所の社長と、例の事件については何も言わないと約束しました。その約束は、解雇されても続いてます。つまり、あの件については、一切喋りません」

途端に、舌打ちや「何だよ～」という失望の声があちこちから上がったが、海里は構わず声を張り上げた。

「だけど！　これだけは言います。俺、ずいぶんと思い上がってましたし、調子にも乗ってました。あの件については理不尽なこともあったけど、それがなくても、いつかは自分で足を滑らせて、こうなってたんじゃないかと思います。芸能界を去ることになったのは、自業自得です。今は心から、そう思ってます」

レポーターたちは、ざわめきながらどこか困惑気味に顔を見合わせた。

おそらく、彼らがよく知るお調子者でサービス精神旺盛《おうせい》な「五十嵐カイリ」と、今、目の前にいる海里が、同一人物でありながらどこか違うということに気づき始めたのだろう。

「俺、もう事務所を解雇されたんで、芸能人じゃありません。この店で、店員として働かせてもらってます」

そう言って、海里はチラと背後を振り返った。引き戸の向こうでは、きっと夏神がテレビ画面をじっと見つめているのだろう。ふと視線を下げると、エプロンのポケットにはロイドが収まっている。

　二人が見守ってくれている……そう思うと、海里はこの上なく心強く、話を続けることができた。

「ここ、定食屋です。夜だけやってます。実は俺、テレビでは料理人みたいに格好付けてましたけど、ホントはろくに料理なんて出来ません」

　また、レポーターたちがどよめく。

　やっと意外な告白でいいネタができたと思ったのだろう、有名な男性芸能レポーターが、ずいと前に出て来た。

「それはつまり、本当は五十嵐さんは料理上手ではないと仰《おっしゃ》ってるわけですか？」

　海里は悪びれず、きっぱりと頷く。美和がテレビの前で頭を抱えている姿が目に浮かんだが、躊躇《ためら》いはなかった。

「はい。俺が作ったように見せてたあの料理は、フードコーディネーターさんがメニューを考えて、何もかもを用意してくれてました。俺は、小手先のことをちょっとやってみせてただけで。結果的に皆さんを騙《だま》してて、すみませんでした」

　海里はテレビカメラの前で、深々と頭を下げた。

「そ……そ、そんなこと、認めちゃって大丈夫なんですか？　えっ、じゃあ、この店では……五十嵐さんは、シェフじゃない？」

　あまりにも海里が無防備なので、いつもは辣腕《らつわん》で知られるレポーターも勘が狂ったらしい。どうにも鈍い口調で問いかけてくる。

（いよいよお別れだ、五十嵐カイリ）

心の中でそう告げて、海里は質問にはっきり「はい」と答えた。

「調理は、店長の仕事です。俺は弟子として、接客や買い物を主にしてます。料理については下ごしらえを手伝わせてもらって、少しずつ勉強しているところです」

「そ……それは……なんというか……。あっ、で、でも、ファンの方々は、この店に来れば、五十嵐さんに接客してもらえるってことなんですね!?　それって、ファンの方は嬉《うれ》しいですよねえ！」

戸惑いながらも視聴者の気を引くほうへ話を向けたレポーターに、海里は落ちついた態度で、さらに告げた。

「この場を借りて、俺を応援してくださっていたファンの皆さんには、お詫《わ》びとお礼を言わせてください。ありがとうございました。そして、期待を裏切って申し訳ありません。……店に来てくださったら、俺、心を込めて接客しますが、それは芸能人の俺じゃなく、ただの料理見習いの俺です。それをわかって来てくださる方には、店長の定食を是非食べてほしいです。ホントに旨《うま》いんで！」

そこで初めて、海里は笑った。

だがそれは、テレビの画面で量産していたそつのない綺麗《きれい》な笑顔ではなく、整った顔を非対称にくしゃっと崩した開けっぴろげな笑顔だった。

海里はテレビカメラの前に立ち、みずからの姿で、言葉で、表情で、もうひとりの自分であった「五十嵐カイリ」とみずから決別してみせたのだ。

そんな気配が雄弁に伝わったのだろう、その後の質問はどれも当たり障りのない時間潰《つぶ》しのようなものばかりで、まるで潮が引くように取材陣は引き上げていった。

出てきたときと同じく、ひとりで店に戻った海里を、夏神は何も言わず、ただ熊が鮭を抱えるような豪快なハグで迎えた。

そして彼らはその夜から、「ばんめし屋」の営業を再開したのである。

海里が想像したとおり、しばらくのうちは、「あの五十嵐カイリ」見たさの冷やかし客や、何か面白い写真やコメントが得られるのではないかと期待する記者がやってきて、店はいつもと違う不自然な賑《にぎ》わい方をした。

カイリのコアなファンである女性たちも毎日のようにやってきたが、反応はまちまちだった。

見損なったと海里に食ってかかる人あり、芸能人時代と違って飾り気のない海里の姿に落胆する人あり、海里が元気で働く姿を見て納得した様子で帰っていく人あり、会計のときに「頑張ってね」と海里を励ましていく人あり……。

しかし、誰が来ても、海里はいつもと同じように接客し、芸能人時代のことを問われても、頑として応じなかった。

夏神も、ただ黙々と料理を作って出し、あまりにもたちの悪い、執拗《しつよう》な客に対してだけ、断固とした態度で退店を求めた。

海里ではなく、店主、しかも大柄で迫力のある顔つきの夏神に「お代は要らんので、帰ってもらえますか」と凄《すご》まれると、そうした厄介な客たちも、比較的大人しく退散した。

そんな風に、イレギュラーな客たちも「日常」に取り込んで、ひたすら日々を送るうち、人の噂も七十五日……どころではなく、ものの一ヶ月で、店は以前の穏やかさを取り戻した。

海里目当ての客が皆無になったわけではないが、幾度かそうした目的で店を訪れ、夏神の料理が気に入って常連客になってくれた人々も少なくない。

海里は以前にも増して、店の仕事に打ち込むようになっていた。


ところが、もうじきお盆というある日の午前一時過ぎ。

店内には、客が二人だけいた。

ひとりはカウンター席に、もうひとりはテーブル席に陣取っている。

カウンター席に座っている客というのは、作家の淡海五朗だった。例によって、深夜の散歩がてら、夜食を摂りにやってきたのだ。

「それにしても久しぶりですね、先生」

カウンターの中から声を掛けた夏神に、淡海は柔和な笑顔で言葉を返した。

「んー、まあほら、大変そうだったから、君たち。ちょっと控えてたんだ。ホントはこの店の味に飢えてたんだけどね。ああ、やっぱり美味《おい》しい」

今日の日替わりである、牛挽《ひ》き肉とタマネギ、それにエリンギのみじん切りを炒《いた》めて具にしたオムレツを頰張り、淡海は嬉しそうに目を細めた。

「そら、すんません。せやけどまあ、ようやくこのとおりなんで。またご贔屓《ひいき》に」

「うん、勿論《もちろん》だよ。あ、ケチャップもうちょっとかけてもらってもいいかな」

「ああ、こらすんません。先生、ケチャッパーですか。意外やな」

「……ケチャッパーって何?」

「ケチャップ好きのことを、そう言うらしいですよ。イガが教えてくれました」

「へえ。さすが今どきの子だねえ。僕の知識は、マヨラー止まりだよ」

「俺もですわ」

苦笑いを交わした二人の大人の視線は、客が去った後のテーブルを片付けている海里に向けられる。

だが、彼らが話しかける前に、テーブル席に座って、せっかく熱々で運ばれた料理にろくに手をつけていなかった四十代くらいの男性客が、突然海里に声を掛けた。

「ねえ、五十嵐カイリ君。俺、こういう者なんだけどさあ」

「……はあ」

男が差し出した名刺を受け取るなり、海里はギュッと眉《まゆ》をひそめた。

そこには、以前、海里と女優のスキャンダル記事を載せたゴシップ雑誌の名と出版社名、それに記者という肩書きと共に、男の氏名とメールアドレスが印刷されている。

（こいつ……！）

海里は、みぞおちを殴られたような衝撃に襲われていた。彼にとっては、いくら過去と決別したといえども、許容し難い人物である。

それでも海里は、極力素っ気なく名刺を突き返そうとした。

「すいませんけど、こういうものをいただいても、俺、お相手できませんので」

「またまた〜。そんなつれないこと、言わないでよぉ。まあ、あの記事載せたのはウチだから、恨まれるのもわかるけど」

男は名刺を受け取ろうとせず、馴《な》れ馴れしい口調でそう言いながら、傍らのバッグからボイスレコーダーとデジカメを取り出した。

「……………」

夏神は難しい顔になったが、ひとまず状況を見守ろうと判断して無言を貫いている。

海里は、名刺をテーブルに置くと、そのまま他のテーブルの片付けを続行しようとした。

だが記者は、ニヤニヤ笑いながらこう続けた。

「今日は僕、罪滅ぼしに来てあげたんだよね〜。ぶっちゃけあれが濡《ぬ》れ衣《ぎぬ》だったのはわかってるし、テレビではああ言ったものの、君もホントは言いたいことあるんでしょ。

それ、ウチで載っけてあげるからさあ、話してみなよ」

「……ッ」

海里の頬が小さく痙攣《けいれん》する。それは、話したいという欲求からではなく、今さら何を、という純粋な怒りの反応だった。

海里が感情を乱されているのを見越して、記者は追い打ちのように喋《しゃべ》り続ける。

「君の芸能界復帰、うちの出版社が応援してもいいんだよ。『独占ロングインタビュー、五十嵐カイリ激白、俺ははめられた……!』なんて見出し、どう？　あと、『ディッシー!』っていう例のポーズ、あれ写真でも動画でも撮らせてくれたらさ、力になるよ～。マジでマジで!」

それでも沈黙を守り、記者に背中を向けた海里の噛《か》みしめた歯が、ギリッと鳴った。両の拳《こぶし》が固く握り込まれる。

『我が主《あるじ》……相手をしてはなりませんよ』

エプロンのポケットの中からロイドが小声で囁《ささや》いたが、海里は一つ深呼吸をしてから、とうとう振り返った。

その瞬間、記者は素早くデジカメを構え、パシャッと写真を撮る。

「やめてください!」

海里は思わず大声《おおまた》を出してしまう。それと同時に、たまりかねた夏神がカウンターから出てきた。大股にテーブル席に歩み寄り、さりげなく海里を自分の背中で庇《かば》う。

「お客さん。うちの店員を勝手に撮影するようなことは、やめてもらえますかね。飯、食わんのやったら帰ってください」

だが、あちこちで嫌われ、凄まれ慣れているのか、記者はヘラヘラと夏神の怒りをも受け流そうとする。

「やだな、用事が終わったら落ちついて料理は頂きますよぉ。金を払うんだし、食わなきゃ損だから。それよか、マスターもインタビューさせてくださいよ。五十嵐カイリの働きぶりを、こう、いい感じで！　定食代にどーんと色つけますよ？」

「……おい」

「あっ、もしかして暴力ふるうつもりですか？　短気は駄目ですよ〜。損しますよ〜。いいじゃないですか、話と写真だけでお金貰《もら》えちゃうんだから、料理するより楽でしょ？　あっ、何なら料理番組のゲストとかどうですかね？　プロデューサー、紹介しますよ」

「ええ加減にせえ！　ベラベラどうでもええこと言いよって！」

これまでは決して事を荒立てず、あくまでも穏便に退店を促してきた夏神だが、目の前の男のあまりにも無礼な態度を腹に据えかねたらしい。声が、ぐっと低くなる。

「夏神さん、ちょ、待って！　駄目だって！」

夏神の背中から、彼の本気の怒りがオーラのように立ち上るのがわかる。海里は慌てて夏神を制止しようとした。

（ここで夏神さんがこいつに触ったら、それこそこいつの思うツボだ。警察呼ぶって脅されて、取材を受けざるを得なくなっちまう。夏神さんは知らないだろうけど、それがこういう奴のやり口なんだ……！）

「ええから、お前は引っ込んどれ！」

だが、腕を摑《つか》もうとした海里の手を振り払い、夏神はそのままの勢いで記者の胸ぐらを摑もうとする。

「こらこら」

しかしそんな一触即発の空気に、呑気《のんき》な声が突然入り込んできた。声の主は、言うまでもなく淡海である。

ゆっくりと椅子から立ち上がった淡海は、いつもの穏やかな笑顔で、記者に向かって伸ばしかけた夏神の腕を軽く叩《たた》いた。

「この男は、君が触る価値のない奴だよ、マスター」

穏やかな口調だが、淡海の声には不思議なくらいの威圧感がある。爆発寸前だった夏神は、ハッとした様子で手を下ろした。

だが記者のほうは、理想の展開を邪魔されて、いたく不服そうに口を尖《とが》らせる。

「ちょっと、邪魔しないでくださいよ。誰だか知らないけど。……つか、あれ？　今、夏神って言ったよな。夏神……変わった名字だな。どっかで聞いた……」

淡海に抗議しようとした記者だが、ふと夏神の名に興味を惹《ひ》かれたらしく、こめかみに手を当て、十数秒ほど考え込んだ。

そしてパチンと指を鳴らした記者は、ニヤリと意地の悪い笑みを浮かべ、夏神を見る。

「ははあ……夏神ってもしかして、アレですか。『仲間を見捨てて生き残った男』っすか。そうでしょ！　その顔、見覚えありますもん。はっはー、なるほど、店主もワケアリか。こりゃ美味《おい》しいな」

「な……っ」

夏神が、目に見えて動揺した様子で、一歩下がる。

「……夏神さん？」

大きくよろめいた夏神を、海里は自分の身体で受け止めた。夏神は、海里の肩に片手を置き、かろうじて自分の身体を支えている様子だった。

いつもは浅黒い顔が、今は強張《こわば》り、蒼白《そうはく》である。

夏神の動揺に構わず、記者は揉《も》み手《で》をせんばかりの調子でボイスレコーダーに手をやった。

「いやあ、いいネタもう一つあった！　まさに、あの人は今、じゃないですか！　ある意味、五十嵐《あきら》カイリより美味しいなあ。ねっ、こうしましょうよ。五十嵐カイリのインタビューを諦める代わりに、夏神さん、あんたのインタビューを取らせてくださいよ。あの事件について、時を超えて今、ついに沈黙を破る、みたいな！」

自分の肩を握る夏神の手が、わなわなと震えているのがわかる。

事態がまったく把握できない海里は、ただ狼狽《ろうばい》して、夏神の体重を必死で受け止め、記者と夏神の顔を交互に見ることしかできなかった。

だが、同じく怪訝《けげん》そうな顔をしながらも、淡海は静かに記者に歩み寄った。上体を傾け、座ったままの記者の耳元で、何ごとか囁きかける。

また邪魔が……というような顔つきで、それでも耳を傾けていた記者の上機嫌な顔が、徐々に引きつり始めた。

「……まさか、あんた……」

「そう。淡海五朗と聞けば、思い当たる人物がいるんじゃないかなあ」

淡海はそう言ってニッコリ笑った。そして、こう付け加える。

「君がこれ以上ここでごねるようなら、僕はその人に、ちょっと『お願い』をしちゃうかもしれないよ」

「い……いや、でも、これはあんたには関係ない話で……」

さっきまでの絶好調はどこへやら、記者はどこか怯《おび》えた様子で言い返す。

だが淡海は、さっき海里がテーブルに置いた名刺を取り上げると、記者に見せつけるように、それを自分のシャツのポケットに入れた。

「僕はこの店がとても気に入っていてね。マスターの料理も、五十嵐君の接客も。だから、ここで余計なことは何ひとつ起こってほしくない。……さて、今撮った写真のデータは消してもらおうか。君の名刺はいただいたから、おかしなことをすれば……わかるだろうね？」

夏神も海里も、今まで見たことのない淡海の冷淡な態度に気圧《けお》され、呆然《ぼうぜん》と立ち尽くす。

記者はそれでもなお逡巡《しゅんじゅん》したが、とうとうデジカメのデータを消去した。そして、恨めしげな顔で荷物をかき集めると、物も言わずにそそくさと店から出て行ってしまう。

傲岸不遜《ごうがんふそん》な記者の突然の変わり身、そしていつもは飄々《ひょうひょう》としている淡海の謎めいた一面を目の当たりにして、剛胆な夏神も咄嗟《とっさ》に声が出ない。

「さ、もう大丈夫だよ。ちょっと物騒な手段を使っちゃったけど、これであいつは二度とこの店にはかかわらない。あいつだけじゃなく、あの出版社はたぶん、もう何もしてこないよ。安心していい」

「それって……え？　淡海先生って、そんな大物作家だったんですか？」

完全に混乱したままの海里の失礼な質問に、淡海はすっかり普段のふにゃっとした笑顔に戻り、癖毛の頭を搔《か》いた。

「そんなわけ、ないだろ。ま、ちょっとした魔法を使ったとでも思ってよ。それより、マスターは大丈夫？　何だか顔色が悪いけど」

「……あ、いや、大丈夫です。すんません。何や、先生に迷惑かけてしもて。せやけどありがとうございます。助かりました」

まだ青白い顔をしながらも、夏神はようやく海里から手を離し、自分の力で真っ直ぐ立った。そして、淡海に深々と頭を下げる。海里も夏神を心配しながら、ペコリとお辞儀をした。

「ありがとうございましたっ！」

「いやいや。さ、ご飯の続きを食べよう。せっかくのオムレツが冷めちゃったよ、まったく」

間延びした口調でそう言いながら、淡海は自分の席に戻っていく。

「……夏神さん。今のは、いったい」

海里は夏神に小声で訊《たず》ねたが、夏神は大きな口を真一文字にして、ゆっくりと首を横に振った。

「すまん。今は言いたない。……片付け、はよやってしまえ」

それだけ言うと、夏神は床を踏みしめるようなのろのろした足取りで、カウンターの中へ戻っていく。

『夏神様に、何があったのでしょう』

「知らねえ。でもまあ……色々よくわかんないけど、あいつが消えてくれてマジ助かった。今はそれだけでいっぱいいっぱいだよ、俺」

ロイドの小声の問いかけにそう囁《ささや》き返し、海里はまだ動揺が残っていて危なっかしい手つきで、食器をトレイに集める作業を再開したのだった。

三章　見えない傷、癒えない痛み

「たまには他の店で食事もいいでしょ。もし、まだお昼を食べてないなら、ランチに付き合ってくれないかな」

突然、店を訪れた淡海がそんな言葉で海里を誘ったのは、雑誌記者とのトラブルから一週間あまり経った、お盆過ぎの土曜日のことだった。

店は休みだし、夏神は出掛けて不在だし、目は覚めたものの食事を作るのが億劫《おっくう》という状態だった海里は、ありがたくその誘いを受けることにした。

「じゃ、行こうか」

やけに楽しそうな顔をした淡海が、海里の希望を聞きもせず向かったのは、店から歩いて十分たらずの場所にある「光《ひかり》」という中華料理店だった。

一軒家の前に赤いビニール屋根を出し、青字に「中華料理　光」と白く染め抜いた暖簾《のれん》を掛けている、昔ながらの小さな店だ。

海里もそこに店があることは知っていたが、これまで入る機会がなかった。

ガラスの引き戸を開けて中に入ると、カウンター席とテーブル席に分かれており、

「ばんめし屋」と実によく似た雰囲気である。違うのは、カウンター席の椅子に背もたれがないことくらいだろうか。

空調はよく効いていて、歩いてかいた汗が、すっと引いていくほどの涼しさだ。

ランチタイムを少し過ぎていたせいか、店内に他の客は誰もおらず、年配の女性がひとりでカウンターの中にいた。

「ああ、ご主人は休憩に入ったみたいだね。この店、ご主人が作るときと奥さんが作るときで、味が全然違うんだよ。どっちも美味しいけど」

海里にそう耳打ちすると、淡海は海里に注文の機会を与えず、「僕には醤油《しょうゆ》ラーメン、彼には光定食をお願いします」と勝手にオーダーした。

海里をテーブル席に座らせると、自分はいかにも慣れた様子でグラス二つに水を注ぎ、テーブルに運ぶ。

「あ、すいません」

差し出されたグラスを受け取った海里は、背筋を伸ばすと、向かいの席に腰を下ろしたばかりの淡海に頭を下げた。

「その……こないだは、ありがとうございました」

「うん？　ああ、あれね。いやいや、頼まれてもいないのに出しゃばっちゃって、かえってごめんよ。部外者が介入なんて、余計なお世話だったかなあって反省したんだ」

淡海は、妙に気まずそうにそんなことを言う。海里は慌ててかぶりを振った。

「いえ！　淡海先生が助けてくれなかったら、夏神さん、あの記者を殴ってたと思うし、そうなったら、どんだけややこしいことになってたか……。俺だけじゃ、とても夏神さんを止められなかったと思います。ホントに助かりました」

「そう？　それならよかった。あれ以来、あいつはもう来ないでしょ？」

淡海に問われ、海里は幾分怪訝《けげん》そうに頷《うなず》いた。

「はい。でも俺、あんなにしつこかった記者が嘘みたいに大人しく引き下がって、週刊誌にもホントに記事が一切出なかった理由が全然わかんないんですけど。あのとき淡海先生、あの記者に何言ったんですか？」

戸惑いながら問いかけた海里に、淡海はVネックのコットンセーターの肩を小さく竦《すく》めた。そんな仕草をすると、肉付きの薄い胸元に鎖骨がクッキリと浮き上がる。

「別に。ちょっとした魔法を使ったって言ったでしょ？」

「魔法って。さすがにそれで納得する歳じゃないっすよ、俺」

「はは、やっぱり無理か。……まあ、決して言い回るようなことじゃないけど、墓場まで持っていくってほど深刻な秘密でもないかな。だけど、当事者……つまりマスター以外には言わないいって約束してくれる？」

海里はうっと言葉に詰まった。

無論、彼自身は口が堅いほうだと自負している。だが、何しろダンガリーシャツの胸ポケットに眼鏡姿のロイドがいるので、どうしても彼には聞こえてしまうのだ。

ところが淡海はロイドの存在を知らないので、そういう事情を説明するすべがない。

(くそ、これぱっかりは仕方ないよな。だいたい、こいつだって聞いたところで誰にバラすわけでもないんだし。大丈夫だよな……?)

躊躇《ためら》いを振り切り、海里は頷いた。

「約束します」

「……今の妙な間が若干気になるけど、まあいいや」

本気でどうでもよさそうな口調でそう言うと、淡海は冷えた水を一口飲み、サラリと告げた。

「僕があの記者に耳打ちしたのはね、僕のペンネームと、父親の名前」

「お父さんの!?」

目を剝《む》く海里に、淡海はちょっと可笑《おか》しそうに細い目をさらに細くして頷いた。

「そう。怖いのは僕じゃなく、僕の父親。実父と言ったほうが正しいかな」

「じっ……ぷ? 実のお父さん……? どういうことですか?」

カウンターの向こうから聞こえる、中華鍋《なべ》が立てる賑《にぎ》やかな音を聞きつつ、海里は淡海のほうに身を乗り出す。

淡海は、ちょっと困った笑顔で答えた。

「僕には、実の父と育ての父がいてね。実の父はちょっとした有名人なんだ」

「有名人?」

「そう。僕が作家デビューのときに無駄に大きな賞をもらってしまったものだから、週刊誌の記者さんたちに身元をさぐられてね。実父のことが、うっかりばれちゃったんだよねえ」

「先生の実のお父さんって……有名ってことは、凄《すご》く偉い人なんですか？」

「偉いかどうかは知らない。元政治家だよ。引退してからも、多方面にまだまだ相当な権力を持ってるらしい。結局、そのときはすぐに実父サイドから圧力がかかって、僕と実父の関係は暴露されなかった」

「へ……へえ……」

大手芸能事務所の圧力がどんなものかは知っている海里だが、政治の世界のことはからきしである。感心したような声を上げる海里に、淡海は淡々と言葉を継いだ。

「だけど、出版界ではそのとき以来、僕と実父の関係は公然の秘密になってね。まあ、そうは言っても、実父と僕は赤の他人ということになっているし、まったく交流がないから、特に彼が僕の仕事を後押ししてくれるとか、そんなことはないんだけど……」

そこでいったん言葉を切り、淡海は悪戯《いたずら》っぽく片目をつぶってみせる。

「あの夜は君とマスターの窮地を見かねて、咄嗟《とっさ》に実父の名前を持ち出したんだ。そうしたら、えらく効くものだねえ。あまりの効果に、僕自身がちょっと驚いた」

「ええっ、そんな」

「いや本当に、政治家って恐ろしいものだね。どうにも深い闇を感じるよ。怖い怖い」

他人事《ひとごと》のように言う淡海に、海里は呆《あき》れ顔で絶句する。

そのとき、二人の会話に割って入るように料理が運ばれてきた。

海里の前に置かれたのは、他地方の人が「芦屋」という地名から連想する気取った雰囲気など雲散霧消するような、圧巻のボリューム定食である。

モヤシとタマネギ、それに挽《ひ》き肉を炒《いた》め合わせたものが載ったシンプルな味噌《みそ》ラーメンと、平皿に無造作に盛られた茶色っぽい炒飯《チャーハン》……もとい焼飯《やきめし》のセットだが、どちらもしっかり一人前の量だった。

自分は、ゆで卵半分と海苔《のり》がペラリと載った、実にオーソドックスな醤油ラーメンの鉢を引き寄せ、淡海は嬉《うれ》しそうに揉《も》み手《で》をした。

「おっ、来た来た。さあ、食べよう。料理人は食べ歩きも大事な修業だって、何かのドラマで言ってたよ」

「い……いただきます。食えるかな、こんなに」

海里は、定食の迫力に気圧《けお》されつつ、割り箸《ばし》を取った。

「何言ってるの、若者はたくさん食べなきゃ。僕はラーメンだけでも持て余すくらいだけど。鈴木商店に負けず劣らず、ここのラーメンもクラシックで旨《うま》いよ」

淡海に笑顔で勧められ、海里はまずは味噌ラーメンに箸《はし》を付けた。

確かに、味噌ラーメンにしては実にあっさりした、食べやすい味だ。味噌が凄《すさ》まじく濃厚なわけでも、背脂がびっしり浮いているわけでもない。

「ん、フッーに旨い！」

海里の実に今どきな賞賛の言葉に、淡海はニコニコして頷いた。

「そうでしょ。どんどん食べて。あ、焼飯をひと匙《さじ》だけもらっていいかな。僕、ここの焼飯が好きなんだけど、何しろ食が細いから、一人前はとても無理でさ。いつも食べられなくて悔しいんだよね」

「ああ、どうぞどうぞ。ですよね、先生、うちの店のご飯も食べきれなくて、いつも夏神さんにおむすびにしてもらってお持ち帰りだし」

「そうなんだよ～。ああ、このいい意味でパラッとしてないご飯がとてもいい」

海里が押しやった皿から、れんげで焼飯をひと匙取って頬張り、淡海は奇妙な褒め方をした。それから皿を海里のほうに戻し、真顔に戻って問いかけてきた。

「それにしても、マスターは元気？　あの夜は、何だか珍しくグンニャリしてたから、心配してたんだよ」

確かにご飯が軟らかく、蝦醤《シャージャン》と焦がしネギが芳ばしく濃厚な味付けの焼飯を頬張りながら、海里は曖昧《あいまい》に頷いた。

「ええと……はい、まあ」

「鈍い返事だね」

「すいません。様子がおかしかったんで、先生が帰った後、何かあったのかって夏神さんに訊《き》いたんですけど、言いたくないって言われました。だからあれ以来、あの夜のことはいっぺんも話題に出してないんです。いったい、何があったんだか」

眉尻《まゆじり》を下げ、ちょっと情けない顔になった海里は、スプーンの先でこんもりした焼飯の山をつつきながらこぼした。

かたや淡海は、海里の言葉を聞いて意外そうに小首を傾げた。

「ふむ？　何があったか、自分で調べてないのかい？」

「調べてませんよ」

「どうして？　君たち若い子は、何でもすぐネットで検索するだろ？　マスターのことだって、名前がわかってるんだから、検索すればすぐ……」

「調べたんですか？」

むしろ咎《とが》めるように、海里は淡海を軽く睨《にら》む。しっかり固ゆでにされたゆで卵を慎重に割り箸で挟んで口に放り込み、淡海は後ろめたそうに頷いた。

「まあ……そこは敢《あ》えて好奇心に抗わなかったっていうか、うん。というか、彼の名前がおぼろげに記憶に引っかかったんだよ。だからそれが合ってるかどうか、確かめたかったってのもある」

なるほどと、海里は少し視線を柔らげた。それでも軽い上目遣いの視線には、まだ多分に非難が滲《にじ》んでいる。

海里が初めて自分に向けた怒りの感情に、淡海は箸を持ったまま両手を合わせ、軽く頭を下げてみせた。

「ごめん！　マスターの身にかつて何があったかは、君には話さないから……というか誰にも話さないから、許してよ。だけど、本当のところ、君は知りたくない？　どうして調べなかったの？」

心底不思議そうに質問する淡海を、海里はむしろ怪訝《けげん》そうに見返した。

「知りたいですけど、夏神さんが言いたくないと思うことを、俺が調べたら反則っしょ？」

「反則？」

「そうですよ。いざ、夏神さんが俺に打ち明けたいと思ったとき、俺がもう全部知ってたら、すっげえ感じ悪いじゃないですか」

「だけど、マスターが君にこのままずっと打ち明けないことにしたら？」

「寂しいけど、言うか言わないかは夏神さんが決めることだから。言ってくれるなら、そんとき何があったか知ればいい。言ってくれないなら、それは夏神さんが俺に知らせたくないことなんだから、知らないままでいいってことだと思いますけど」

「……はああ……」

「何すか、その反応。俺、おかしなこと言ってます？」

「あ……いや」

呆然《ぼうぜん》としていた淡海は、海里の視線を感じてぶんぶんと首を振った。そして、感心した様子で、海里の顔をつくづくと見つめ直した。

「いやあ、素直に驚いた。僕が女の子なら、この瞬間に恋に落ちてるね。賭《か》けてもいい」

海里は気持ち悪そうに顔をしかめ、「願い下げだ」と言う代わりにラーメンを啜《すす》る。

淡海はやけに嬉しそうに片手をヒラヒラさせた。

「ああいや、さすがマスターが気に入って店員にしただけのことはある。今どきの軽やかな若者と思いきや、君は実に侠気《おとこぎ》があるねえ」

「……もしかして、褒められてます？　それとも、ベースラインが滅茶苦茶《めちゃくちゃ》低かったってことですかね」

「両方の相乗効果かな。でも、つらくないかい？　相手が悩みを抱えてるのに、自分が力になれない現状ってのは」

驚かされた仕返しとばかりに痛いところを笑顔でさっくり突かれ、海里は多すぎる量の焼飯を口に放り込んだ。そして、悔しそうに「ふらいっふ」……つらいっす、と認める。

淡海が何も言わず、ラーメンを平らげながら待っているのを感じ、海里は水で焼飯を飲み下してから素直な気持ちを口にした。

「俺、夏神さんには何度も助けてもらったし、励ましてもらったし、慰めてもらったんです。だから、夏神さんが何か悩んでるなら、力になりたいと思うんですけど……やっぱ、ガキすぎて力不足だと思われてるんですかね」

だが淡海は、ただでさえ細い目をさらに細くして笑った。

「力不足だとは、僕はちっとも思わないよ。君は、見かけより頼もしい」

「じゃあ、どうして」

「マスターに何かつらい過去があったとして、現時点で君にそれを話したがらない理由は、僕には何となくわかるけどねえ」

「マジですか？」

いま泣いたカラスが何とやらで、海里は目を輝かせて身を乗り出す。淡海は悪戯《いたずら》っぽく笑って、人差し指の先で海里の額を押し戻した。

「ラーメンが伸びちゃうから、箸を休めないで」

「うう」

淡海の言うとおり、最初から少し柔らかめに茹《ゆ》でられた麵《めん》は、スープの中で膨らみつつある。海里は目一杯ラーメンを箸でたぐり、視線で淡海に続きをせがんだ。

淡海はあらかた麵を食べ終えると、どんぶりに箸を置いて言った。

「とてもシンプルな理由だよ。人は、誰か守るべき人がいると、強くなれる」

「あ……！」

海里はハッとした。淡海は、そんな海里の表情から察したのだろう、温かく微笑んだ。

「君にも、覚えがあるみたいだね。僕やマスターの歳なら、そうした存在は恋人や家族であるべきなんだろうけど、残念ながら僕らは二人とも独身だ。……君はマスターに助けられたって言うけど、君が何もしていなくても、ただあそこにいるってことが、マスターにとっては助け、あるいは支えになっているのかもしれないよ」

「ああ、そっか。そういうことか」

海里は立っていって二人分の水のお代わりを汲《く》み、戻ってきて実にスッキリした顔で言った。

「それ、何かわかります。俺にも後輩がいて、そいつが俺を頼ってくれるから、いつだって俺は強がって、リアルにちょこっと強くもなれました。つらいとき、そいつに全部ぶちまけたいと思ったけど、やっぱできなかったです。そいつに弱みを見せたら、ホントに弱くなっちゃいそうで。そいつの前だけでは、いつまでも格好つけて、強い俺でいたいんです」

「うん。マスターも、同じ気持ちなんじゃないかな。推測だけど、あながち間違ってないと思うよ。それにしても……」

淡海はもうひと匙、今度は許可を得ず海里の焼飯を奪ってから、妙に秘密めかした口調でこう続けた。

「その後輩ってのはもしかして、里中李英君のことかな?」

「！」

どんぶりの底に残った麺と野菜を箸《はし》で探っていた海里は、ギョッとして動きを止めた。

さっきほどではないが、咎めるように淡海を問い詰める。

「もしかして、俺のことも調べたんですか？」

それに対して、淡海は少しも悪びれず答えた。

「うん。僕、これでなかなかの検索魔でね。Google 先生がお友達なんだ。でも、この前の騒ぎがきっかけじゃないよ。もっと以前に、君のことは調べてた」

「もっと前って……」

「君が初めて、深夜に僕んちに出前をしてくれた日。君の顔、どっかで見た気がしてね。ふふ、ついに打ち明けちゃおうかな。僕と君、あの夜がはじめましてじゃなかったんだ。実は前に一度、会ってるんだよねえ」

「ええっ？　マジっすか⁉　ど、どこで？」

海里は思わず大声を上げ、テーブルに両手を置く。淡海は妖《あや》しい含み笑いをした。

「劇場の楽屋で。君が出てたミュージカルの原作者と僕は、出版社のパーティで同じ小学校に通ってたことがわかって以来、仲良しなんだ。だから招待してもらって、ミュージカルを見たよ。舞台上の君の勇姿を、僕は知ってる。里中君は、公演パンフレットのコメントで、君のことを尊敬してるって書いてたよね」

「うわあ……マジか。急に恥ずかしくなってきた」

みるみるうちに赤らんだ顔を、海里は両手で覆ってしまう。そんな反応に、淡海はますます可笑《おか》しそうな顔をした。

「恥じらうことはないって。みんな、とてもかっこよかった。特にライバルチームを統率していた君には、カリスマ性すら感じたなあ。楽屋で僕、君に挨拶《あいさつ》したんだよ。覚えてないだろうけど」

「……あー……すんません。覚えてないです。言い訳ですけど、あの頃はマジで毎日入れ替わり立ち替わり、色んな人に引き合わされたんで」

今度は申し訳なさで顔を覆う手が外せなくなった海里に、淡海は鷹揚《おうよう》に言った。

「わかってる。僕もころっと忘れてたから、おあいこだよ。それでさ。役者としての君を知ってる僕としては、君に一つ、お願いがあるんだけど」

そう言われて、海里はようやくゆっくりと顔から手を離し、再び淡海を見た。まだ、シャープな頬のあたりはうっすら赤い。

「お願い？　いや、こないだ滅茶苦茶お世話になったんで、俺に出来ることなら何でもしますけど」

「本当かい？　そりゃ嬉《うれ》しいな！」

「あっ、でも一応、何すりゃいいのか教えてくださいよ。なんか怖い」

「嫌だなあ、怖くなんかないよ。ちょっと演技指導をお願いしたいだけ」

「……は？」

ポカンとする海里に、淡海は右手の人差し指を立ててみせた。

「ほら、前に話したでしょう、僕のかつての教え子たちの話」

「ああ、先生の教室が終わってから、劇団を立ち上げたっていう……ええと、お婆さんたちの集まりっすか？」

淡海は大きく頷《うなず》いた。

「そうそう！　実は彼女たちがね、来月、発表会を開くんだ」

「発表会？　朗読の、ですか？」

「うん。友達や家族に、自分たちの朗読を聞いてほしくなったんだってさ。JR芦屋駅近くにルナ・ホールってあるの、知ってる？」

海里はちょっと考えてから曖昧《あいまい》に頷いた。

「たぶん、あれのことですよね。国道二号線を越えて、芦屋川ぞいにずーっと上がっていくとある、コンクリートにちょっとツタが張った建物」

「そうそう、それ」

「結構立派なホールじゃないですか、あそこ」

「そうなんだけどね、借りるのはあくまでも小ホールだから、舞台として平台を置いたら、詰め込んでもせいぜい百人くらいしか入らないんじゃないかな。勿論《もちろん》、そんなに人は来ないだろうけど」

「それにしたって、けっこうお金がかかりませんか？　発表会ってことは、教え子さんたちの持ち出しでしょ？　昔、ミュージカルのOBを何人か集めて、池袋《いけぶくろ》の小劇場で舞台をやったことがあるんですけど、けっこう高くつきましたよ」

海里が心配そうにそう言うと、淡海はどこか嬉しそうに片手を振った。

「いやいや、四時間借りても一万円ちょっとくらいだよ。ああ、でも楽屋を一つ借りるそうだから、あと二千円くらいかかるかな」

「マジで！　そんなに安いんですか!?」

「だってあそこは、一応市民ホールだからね」

「ああ、なるほど。さすが芦屋、市民ホールもハイソだな」

変なところで感心する海里を、淡海は面白そうに見やった。

「やっぱり舞台経験がある人は、気にするところが違うなあ。まあとにかく、彼女たちはそこで朗読劇をやるんだ。『安寿《あんじゅ》と厨子王《ずしおう》』って話、知ってる？　または森鷗外《おうがい》の『山椒大夫《さんしょうだゆう》』は？　どっちも同じ題材だけど」

海里は、皿にわずかに残った米粒を何とかスプーンですくおうと難儀しながら頷いた。

「ええと、確か安寿と厨子王っていう姉弟《きょうだい》が、人身売買ブローカーに騙《だま》されて、母親と生き別れになって、悪徳業者に売り飛ばされて焼き印捺《お》される話」

「……一部、妙に今風になってるけど、まあ、そこまではおおむね合ってる」

「何でしたっけ、姉は水汲《みずく》み、弟は芝刈り？」

「その芝刈りじゃない。柴《しば》、つまり薪を集める作業だね。姉は、水は水でも海水。つまり、塩田での過重労働を強いられたわけだ」

海里はようやくすくいとった二粒のご飯を大事そうに口に入れ、首を傾げた。

「そんでその姉弟がどうなったんでしたっけ。母親と再会？」

「弟だけがね。弟は、運良くいい人と出会って、立身出世を果たし、ずっと探していた母親と偶然再会するんだ」

「姉は？」

「過酷な生活から弟だけを逃がして、姉は入水自殺してしまったんだよ」

「……なんでそんな酷《ひど》い話を、わざわざ晴れの日の演目に選んだんですかね？」

不思議そうに顰《しか》めっ面《つら》をする海里に、淡海は苦笑いで「さあ」と言葉を濁した。

「姉弟の片方だけとはいえ、死んだものと思っていた我が子と再会を果たした、老いた母親……に、比較的近い年齢の人が多いからじゃないかな。心情がわかるのかもしれない」

「そういうもんですかね。つか俺、そんな高尚な朗読劇なんか、やったことないですよ。指導なんて無理じゃないかな」

戸惑う海里に構わず、淡海はバッグからA４サイズの紙束を取り出し、テーブルの綺《き》麗《れい》なところに置いた。

「まあ、そう言わずに。これが台本」

恩人の頼みを無碍《むげ》に断ることもできず、海里はしぶしぶ紙束を受け取り、ペラペラとめくってみた。

なかなかに本格的な台本である。表紙の次のページには、配役表まできちんと作ってあった。

「この台本は、どこで？　まさか自分たちで書いたんですか？」

「いつもの紙芝居なんかはすべてを一から手作りしてるらしいけど、これはちょっと長いからね。ネットで『安寿と厨子王』の朗読劇をやったプロの劇団を探し出して、そこに電話をかけて、脚本を貸してくれと頼み込んだらしい。営利目的じゃないってことで、快く提供してくれたそうだよ」

「ひょー。すっごい行動力だな」

「そうなんだよ。だけど発表会は初の試みだから、何をどうしていいのか、さっぱりわからない。誰かに演出してほしいって、僕に頼んできたんだ。だから是非、プロの役者である君にお願いしたい。僕の教え子たちに、力を貸してもらえないだろうか」

最後のひと言はやけに厳かに言い、淡海は背筋をしゃんと伸ばしてから、深く頭を下げる。

海里は慌てて淡海の額に手を当て、即座に頭を上げさせた。

「ちょ、や、やめてくださいよ！　俺が恩返しするって言ってるのに、淡海さんがそんなことしたらあべこべじゃないですか」

「おや。そういえばそうだったね。じゃ、お願いできるってことで！」

顔を上げるなり、淡海はとぼけた笑顔でそう言い放つ。

「あああ……。マジで俺、お役に立てるかどうかわかんないですよ？」

「君はまったく、自信がないというか、謙虚というか。まあいいや、じゃあ、まずは稽《けい》古《こ》を見学してみて。今、ちょうどやってるんだよ」

「今？　どこで？」

「いつも借りてる集会所だよ。時間は大丈夫？」

「はい。今日は別に何の予定もなかったんで、大丈夫です」

「そう、よかった。じゃあ、ちょっと暑いけど、腹ごなしに歩いていこうか」

淡海は海里の手から台本を取り上げ、バッグにしまい込むと、晴れやかな顔で立ち上がった。そのままごく自然な流れで、二人分の会計も済ませてしまう。

『一飯の恩が加わってしまっては、ますます逃げ出せませんな』

ダンガリーシャツの胸ポケットから、ロイドがヒソヒソと囁《ささや》きかける。その声にあからさまに面白がっている気配を感じとり、海里は「うるせえよ、眼鏡野郎」と苦々しげに悪態をついた……。


二人が向かったのは、中華料理店から東へ十分ほど歩いたところにある、茶屋《ちゃや》集会所という小さな文化施設だった。

「いつも、彼女たちはここの洋室を借りて、稽古をしてるんだ。ここはね、阪神淡路《はんしんあわじ》大震災のときには、避難所として使われていたそうなんだよ」

そんな説明をしつつ、淡海は海里を連れて、いかにも慣れた様子で建物の中に入った。

廊下で立ち止まり、微笑む。

「ほら、やってるやってる。聞こえるよ」

海里も足を止め、耳を澄ました。

確かに、女性の声で、台詞《せりふ》らしき文句が聞こえてくる。どうやら、安寿と厨子王が、母親と生き別れになる海上のシーンを演じているようだ。

「よく通る声だな、みんな。マジでお婆ちゃんたちですか？」

「そうでしょ？　みんな、日頃から頑張ってるからね。だけど、本人たちを前にして、お婆ちゃんは禁句だよ？　妙齢とまでお世辞を言えとは要求しないけど」

「了解っす」

小さく敬礼してみせる海里に笑いかけると、淡海は部屋に入った。海里もあとに続く。

かなり広々した部屋には、八人の高齢の女性たちが大きく円陣を組むように椅子を置き、それぞれ座って台本の読み合わせをしている様子だった。

皆、二人の訪問者に気付くと、まずは淡海を見て明るい笑顔で立ち上がる。ただし、動作は皆、かなりゆっくりだ。

「あらあ、淡海先生！」

「よう来てくれはりました」

柔らかな、あるいは賑《にぎ》やかな関西弁で挨拶《あいさつ》をしながら、皆、淡海に歩み寄る。淡海はとびきりの笑顔で彼女たちを見回し、少し離れた場所で気まずそうに立っている海里を紹介した。

「こんにちは。今日は約束どおり、本物の役者さんを連れてきましたよ。皆さんの先生になってくださるそうです」

「え、あ、ちょ、まずは見るだけって……」

海里は慌てて抗弁しようとしたが、その声は、華やいだ女性たちの歓声で搔《か》き消される。

「いやあ、すっごいイケメンやないの……って、五十嵐カイリ君によう似てるねえ」

ひとりの女性が海里の顔を覗《のぞ》き込んでそんなことを言った。海里はギクリとする。

実はここにくる道すがら、彼はずっと不安に思っていたのだ。

自分があの「五十嵐カイリ」と知ったとき、淡海の教え子たちはどう思うだろうかと。

年配の女性なら、朝早く起きて、海里が出演していた情報番組を見ている可能性がある。

その一方で、海里が出演していたミュージカルは若い女性をメインターゲットにしていたので、彼女たちが見たことがある可能性は低い。

そうなると、果たして彼女たちは、自分を「役者」として迎えてくれるだろうか。

むしろ彼女たちのイメージする「五十嵐カイリ」は、チャラチャラした料理人もどきのタレントなのではないだろうか。

そう思うと、場違いなところへ来てしまったという思いがみるみるうちに大きくなって、海里を怯《ひる》ませていた。

だが淡海は、そんな海里の怯《おび》えに気付いているふうでありながら、あっさり言った。

「そう、五十嵐カイリ先生。今は芸能界から遠ざかっているけれど、皆さんのために無理を言って、ご指導をお願いしましたよ」

するを女性たちは、案の定、微妙な表情で顔を見合わせた。

おそらく、先日のワイドショーでの騒ぎも、皆、知っているのだろう。

(やっぱ、まずいとこに来ちゃったな……。淡海先生に恥を掻かせるだけかもしれないし、俺もいたたまれないし)

「ど……どうも」

どうにかそれだけ言って、海里は軽く一礼した。それから、意を決したように口を開く。

「あの……俺なんかじゃご不ま」

「いやあ、大変やったねえ」

「は？」

いきなり投げかけられた労《いたわ》りの言葉に、海里は面食らって唇を引き結ぶ。

ご不満でしたら辞退します、と言おうとした彼だが、目の前の、おそらくは八十代とおぼしき小柄な女性は、まるで孫を見るような優しい顔で、海里の腕に触れた。

「私、毎朝、あんたの料理コーナー、楽しみやったんよ。あんたが『でっしー！』って言う声と笑顔が気持ちようてね、元気が出たの。そやから、あんたがおらんようになって、寂しかったわ」

「でっしー……」

それはおそらく、番組で料理を完成させたときの彼の決め台詞、『ディッシー！』のことだろう。

「何や女優さんとあれこれあったみたいやけど、今は定食屋さんで頑張ってはるんやろ？　偉いねえ、ええとこに勤められて、よかったねえ」

そう言って、女性は海里のむき出しの二の腕をさする。

思いがけない優しい言葉と、小さな手のひらの乾いた温もり。

亡き祖母もよくそうやって、「あんたは男なのに腕が細いねえ」と海里の腕を撫《な》でて笑っていた。

目の前の女性と祖母の面影がオーバーラップして、海里は不覚にも涙ぐみそうになり、慌てて髪を撫でつけるふりで、滲《にじ》んだ涙を親指の付け根で拭《ぬぐ》う。

「あ……ありがとうございます」

他の女性たちも、ようやく興味津々の面持ちになって、海里を取り囲む。皆、どうやらワイドショーで海里の身に起こったことをあらかた知っていたらしい。

「せやけど、五十嵐先生は料理する人と違うのん？」

愛嬌《あいきょう》のある顔立ちの、女性たちの中ではまだ若そうな、六十代くらいのぽっちゃりした女性が、無邪気な笑顔でツッコミを入れてくる。皆、「そうそう」だの「どうなん？」だの、実に賑やかにあちらこちらから海里に問いかけた。

ひたすら戸惑う海里の代わりに答えたのは、淡海である。

「五十嵐先生は、もともとミュージカル俳優なんですよ。生の舞台をたくさん踏んできた人です」

女性たちは、それを聞いて意外そうな声を上げる。いちいちリアクションが大きいのは、この年齢層の女性の特徴なのか、あるいはここが関西だからなのか。

海里にはよくわからないが、少なくとも、彼女たちが海里をひとまず歓迎してくれたらしきことは理解できる。

「そうなんやね。そしたら、五十嵐先生、よろしくお願いします」

さっき、海里の腕を撫でてくれた女性が、片手で腰を庇《かば》いながら海里に軽くお辞儀をする。

「お願いしまーす！」

「いやあ、イケメンさんのご指導なんて、若返ってしまいそうやわあ」

誰かのお色気を滲ませた声に、皆どっと沸く。

最初こそ困惑の色が濃かった室内の空気が、みるみるうちに解《ほぐ》れていくのがわかる。

淡海は何も言わず、片目をつぶって海里の背中をポンと叩《たた》いた。

「全然、お断りできない雰囲気じゃないっすか、ったくもう」

口ではそんな文句を言いつつも、海里は心底ホッとした顔で淡海を見返した。

とにもかくにも、それぞれ自己紹介が済んだところで、彼女たちはこれまでの練習の成果を海里に見せることになった。

海里の新しい「生徒」たちは、部屋の一角を実際の舞台に見立て、そこに本番を想定して椅子を並べた。

海里と淡海は手伝おうとしたが、彼女たちは「自分のことは自分でやらんとボケるんです」とキッパリ拒否した。

おかげで少し時間がかかったが、さっきのふくよかな女性が「これで」と一同を着席させ、満足げに海里に準備完了を告げた。

八人のメンバーのうち最年少の六十四歳、「ナカちゃん」と呼ばれている人物で、この劇団のサブリーダーを務めているらしい。

リーダーは、海里の腕を撫でたあの人物……最年長、まさかの八十七歳、「タケノさん」である。皆、愛称で呼び合っているので、海里にもそうしてほしいと彼女たちは言った。

配役も、リーダーのタケノさんが姉の安寿、ナカちゃんが弟の厨子王《ずしおう》という、ある意味リアルすぎる年の差コンビである。

「ええっ、と」

床を長い紐《ひも》で区切っただけの「舞台」を前にして、海里は戸惑いの声を上げた。

さんざん時間を掛けたものの、舞台上には、八つの椅子が横一列に並んでいるだけなのだ。

主役の二人を中央にして、脇役を演じる六人が左右三人ずつ……という、確かに左右対称ではあるのだが、あまりにも捻《ひね》りのないレイアウトである。

「そっか……。まずは朗読以前のところを何とかしなきゃだな」

人生の先輩ばかりを相手に、海里はどう言ったものかと思いあぐねたが、結局、正直に問題点を指摘することにした。

「ちょっと待った。朗読を始める前に、今日はまず、舞台そのものについて考えてみたいと思います」

台本を片手に、まるでミュージカルの演出家のようだ……と面はゆく思いながらも、海里はそんな言葉で最初の「レッスン」を開始した。

淡海もその傍らに助手よろしく立ち、稽古《けいこ》の様子を見守る。

「今回はちょっと長い台本なんで、皆さん、座ったまんまで全然オッケーだと思います。だけど、椅子の配置がちょっと単純すぎる。やっぱ舞台って、見栄えが凄《すご》く大事なんです。皆さんが登場する前に、おっ、いいなって観客に思わせることができたら、それだけで場が温まるでしょ？」

八人の女性たちは、うんうんと何度も頷《うなず》きながら聞いている。

カルチャースクールの講師というのはこんな感じだろうかと思いながら、海里はこう提案してみた。

「観客から、主役が誰かわかるように、ちょっと立体的に配置してみませんか？　安寿と厨子王の椅子はそのままで、他の三人をこう、舞台の奥から手前に、広がりを出すように斜めに……」

「皆さんをボケさせるつもりはないけど、時間短縮のために、今だけは僕にやらせてくださいね。あっ、五十嵐先生はそのままで」

あくまでも海里を立てて、淡海がいそいそと椅子を移動させにかかる。

新しいレイアウトを自分も前方から眺め、サブリーダーのナカちゃんは「ほおお」と大袈裟《おおげさ》な声を上げて軽くのけぞった。

「なるほど、これだけのことで、舞台の奥行きが出たわあ。先生、やるやん」

「痛っ。そ、そうでしょ」

バシッと背中を叩かれ、海里は軽くよろけながらも、あやういところで踏ん張る。

「ほんなら、これで当日はオッケー？」

ナカちゃんの無邪気な問いかけに、海里は目を剝《む》く。

「いや、オッケー？　って……他に考えてることは？」

「他って？」

「いや、だから舞台装置……はまあ要らないとしても、ちょっとした装飾はほしいでしょ。あと、みんなの衣装は？」

「ええー、朗読劇て、シンプルに朗読だけしたらええんかと……」

ナカちゃんはあっけらかんと言い放ち、皆もそうそう、というような顔をしている。

海里は閉口して、頭を掻《か》いた。

「あー、ええと、それでもいいんですけど、でもやっぱ皆さん、せっかく発表会をやるんだから、来てくれた人に目一杯楽しんでほしいでしょ？ たとえば……そうだ。子供とかも来ます？」

「そら先生、みんな孫を呼ぶわよ。誰よりも孫に見せたいんやもん、私らの勇姿」

そうだそうだと舞台の上から声が飛んでくる。

だったら、と海里は胸を張った。

「舞台の上にお祖母《ばあ》ちゃんたちが並んで、ただ台本読んでるだけじゃ、小さい子供は意味がわかんないし、つまんないでしょ。これからどんな世界のお話を聞かせてくれるのか、みんながどんな役を演じるのか、目で見られたほうが絶対いいと思いません？」

「はあ、なるほどねえ。けど先生、私らそんなにお金はないのんよ？ 慎ましい年金暮らしやからね」

ナカちゃんの口調にはいちいち愛嬌があって、なるほど天真爛漫《てんしんらんまん》な厨子王にふさわしいなと思いながら、海里も具体的に提案してみた。

「や、真面目な話、お金をかける必要はないです。皆さんの家にあるものを持ち寄って、それっぽい雰囲気にできれば、それでいいんです。たとえば、『安寿と厨子王』が働かされる場所は……」

「山と海やね。そう言うたら、JR芦屋駅前の『モンテメール』も、フランス語で『山と海』って意味やって聞いたわ」

それまでニコニコして二人のやり取りを聞いていたタケノさんが、急にそんなデパートの名前に関する蘊蓄《うんちく》を披露する。

「山と海……安寿は潮を汲《く》むんやから、うちにある手桶《ておけ》と柄杓《ひしゃく》を持ってこよか。お墓参り用やけど、ええやんねぇ？　言わんとわからんしな、そんなこと」

「ほんなら、厨子王が刈る柴《しば》は、庭木を植木屋さんに伐採してもらうとき、ちょっと切りそろえて用意してもらおかな」

「誰か、網を持ってへん？　魚取りの網に見立てたら、海っぽうなるわ」

すると、次々とメンバーから「山と海」を演出するアイデアが飛び出してくる。

結局、枝やドライフラワー、庭の花などを持ち寄り、舞台の観客席から見て右側、つまり上手に山、反対側に網や貝殻、手桶と柄杓などで海の設《しつら》えを用意するということで、たちまち話がまとまった。

どうやら、彼女たちは本当に「舞台というのはどんなものか」というビジョンがないだけで、道筋さえつけてあげれば、どんどん自分たちで話を進めていくチームワークがあるようだ。

海里もだんだん乗ってきて、手持ちの着物や、ちょっとした手芸で作れそうな小道具について、アイデア出しに加わる。

ものの一時間ほどで、舞台設営の大まかなプランが出来上がり、残った一時間で、まずは一度、通し読みの稽古を行うことにした。

素人の朗読劇とは、いかほどのものか……と少し心配していた海里だが、彼女たちは皆、老眼鏡を掛け、それぞれ字を拡大したり、色をつけたりと、工夫をこらした台本を手に、一生懸命に自分たちの台詞《せりふ》を読み上げる。

技術的には稚拙なところが多いが、感情を込め、堂々たる関西のイントネーションで語る物語には、不思議な魅力と味わいがあった。

頑張り過ぎて咳《せ》き込んだり、声が裏返ったりするのも、むしろ微笑ましく思える。

長い年月を生きていた人々だけに、人生経験が勝手に芝居ににじみ出てしまうせいかもしれない。

（のびのびやってんのがすっげえいいから、あんまし細かいことは言わないほうがいいのかな。ああでも、ちっちゃいことを改善するだけで、すっげー印象が変わるって、大事なことだよな）

そんなことをあれこれ考えながら八人の朗読に耳を傾けていた海里は、ふと、部屋の片隅にあとひとり、女性がいることに気付いた。

しかも、まだ若い……たぶん十代の少女だ。

深い緑色の、サイドに細く黄色いラインが入ったジャージ姿で、床に膝《ひざ》を抱えて座り、稽古の様子をじっと見つめている。とても真剣な面持ちだ。

胸あたりまでありそうなまっすぐな髪は、頭の高い位置でポニーテールにまとめてあって、整った小作りの顔によく似合っていた。

「あれ？」

海里が不思議に思ってそちらを見ると、彼の視線に気付いたらしく、少女ははにかんだ笑みを浮かべ、座ったまま顎《あご》を引いて小さなお辞儀をした。

「…………？」

海里も声を出さず、唇の動きだけで「どうも」と挨拶《あいさつ》を返してから、淡海のシャツの袖《そで》を引いた。

「うん？　どうしたの、五十嵐君。稽古内容に問題でも？」

「ああいや、あの子、誰かなと思って」

「あの子？」

淡海は海里のさすほうを見て、「どの子？」と首を捻《ひね》る。

「いや、だからあの子……あれ？」

振り返った海里は、口をポカンと開けた。

確かにさっきまで体育座りしていたはずの場所に、少女の姿はなかったのだ。

「いたんですけど……出ていっちゃったみたい」

「おやおや。他の部屋を借りている人かな。稽古の見学なら、ひとこと言ってくれれば歓迎するのにねえ」

「ですよねえ。……ま、いっか」

海里は不思議に思いつつも、舞台に向き直った。大きく手を叩《たた》き、朗読をいったん止めて声を張り上げる。

「いったん休んでください。ええと、凄《すご》くいいです。つか、思ったよりホントに凄く伝わってくるもんがあると思います」

率直な、心のこもった海里の感想に、少し心配そうにコメントを聞いていた八人は、わっと安堵《あんど》の声を上げる。

「はいはい、静かに。ただし、ここを直せばもっとよくなるってところも、山ほどあります」

そう続けると、今度は皆、水をうったように静かになる。

(そうそう、俺たちもミュージカル時代、演出家の先生に、そうやって上げたり下げたりされながら勉強したっけ)

懐かしさに胸がキュッと痛くなりつつ、海里は言葉を継いだ。

「そんな顔しなくても大丈夫、ちっちゃいことばっかしです。まずは、全部じゃなくてもいいので、ここぞっていう台詞を自分でいくつか決めて、その台詞は覚えましょう。で、客席をちゃんと見て言う」

「ここぞっていう台詞……ていうんは、たとえば?」

皆を代表して質問したナカちゃんに、海里はすぐさま例を挙げてみせた。

「たとえば、母親と生き別れになる安寿と厨子王《ずし》が、『かかさま～』って呼ぶシーン。あれは、台本見なくて大丈夫ですよね。そのかわり、観客席を見て、感情を込めて、表情も安寿と厨子王になりきってみましょう」

「朗読劇やのに、表情もいるのん？」

「逆に、朗読だからって、表情つけちゃいけないわけじゃないでしょ。つけたほうが、そりゃわかりやすいっすよね？」

すると、頷《うなず》きつつも、タケノさんが酷《ひど》く困った顔で、頬に手を当てる。

「タケノさん？　どうかしました？」

海里が心配して訊《たず》ねると、タケノは大真面目な顔で訴えた。

「でも、先生。ナカちゃんは若うて可愛いてええですけれども、私はお婆さんですし。私の顔なんか見せたら、こんなんは安寿と違う、婆さんや、ってことにならんかしら」

六十歳を超えた人物が「若くて可愛い」分類に入ってしまうこのカンパニーの特殊性を痛感しつつ、海里は真顔でかぶりを振った。

「大丈夫っす」

「本当《ほんま》に？」

「つーか、自分がお婆さんだと思ってちゃ、安寿なんて演じられるわけないじゃないですか。舞台の上で安寿やってる間は、実際の自分が何歳でも、ティーンエイジャーでいてくれなきゃ！　若作りじゃなくて、自分が若い頃を思い出して、そんときに戻ってください！　他の役の人も、みんな一緒！　実年齢、実際の性別は忘れる！」

当初のオドオドした様子はどこへやら、海里の指導にも熱がこもり始める。

淡海は、そんな海里や教え子たちの生き生きした様子を、ただ嬉《うれ》しそうに見守っていた。

結局、部屋の使用許可時間ギリギリまで稽古《けいこ》を続け、片付けは皆でやって、一同は明るい雰囲気のまま解散した。

妙な高揚感を心に残したままの帰り道、海里は並んで歩く淡海に改めて感謝した。

「なんか、すっげー楽しかったです。恩返しのつもりだったのに、むしろ俺が楽しんじゃってすいません」

すると淡海も、いつもより活気のある笑顔で言葉を返した。

「いやあ、僕も楽しかったー！　やっぱり君は役者さんだよ」

「もう、過去形ですけどね。でも、ミュージカルやってた頃を思い出して、すっげー燃えました」

「なかなかの熱血指導だったよ。練習は週に一度だけだから、発表会まであと二回しかないけど、また来てくれる？」

期待の眼差《まなざ》しで問いかける淡海に、海里は躊躇《ちゅうちょ》なく頷いた。

「勿論《もちろん》っすよ。乗りかかった船だから、当日まで付き合います」

「心強いな。ありがとう」

「こちらこそですよ。……だけどあの子、あれきり戻ってこなかったな」

そんな海里の少し残念そうな声音に、淡海はからかうように問いかけた。

「そんなに可愛い女の子だったの？」

「確かに、可愛い子だった気がしますよ。何より目がでかい上に、その目に力があるっていうか……。凄く熱心にみんなの稽古を見てたから、演劇が好きな子なんじゃないかと思ったんです」

「ああ、可愛いから口説きたかった、とかじゃなくて？」

「ほんの数秒見ただけで口説きにかかるほど、俺、見境なくないっすよ」

「世の中には、一目惚《ひとめぼ》れってこともあるそうだよぉ。……おっと、僕は『にしむら珈琲《コーヒー》店』で一服していくけど、君もどう？」

「や、俺、そろそろ帰って晩飯の支度をします」

お茶の誘いを断った海里に、淡海は意外そうに細い目をパチパチさせた。

「ん？　休日の食事は、君の担当なの？」

「そういうわけじゃないんですけど、俺、まだまだお客さんに出す料理は任せてもらえないんで、週末に料理を作って、夏神さんに無理矢理試食してもらうんです」

「ああ、なるほど。そうやってアドバイスをもらうわけだね。そっちの仕事も頑張ってるなあ。……じゃ、ここで。今日はホントにありがとう」

「お疲れ様です！」

二人は互いにお辞儀をして、芦屋警察署の旧庁舎玄関前で別れた。

美しい石造りの玄関アーチを眺めながら海里が店に向かってのんびり歩いていると、シャツのポケットの中からロイドが小さな声で話しかけてきた。

『我が主《あるじ》、あの麗しきご令嬢は……』

「麗しきご令嬢？　ああ、あの女の子のこと？　お前も注目してたのか。あっ、もしかしてお前、ああいうのがタイプなわけ？」

道行く人に不審がられないよう、海里はヒソヒソ声で、ポケットを見下ろさずからかった。

すると、いつもならすぐさま言い返してくるはずのロイドが、数秒沈黙してから、

『いいえ』と、実に素っ気なく答えた。

「ん？　何？　そういう話題、眼鏡的にはNGなのか？」

怪しんで訊ねる海里に、ロイドはやはり珍しいほどエッジの鈍い口調で、しかも言葉少なに答えた。

『そういうわけではございません。美しい淑女の方々は、眼鏡にも眼福でございます。しかしながら、あの方は……』

「だから、あの子がどうかした？」

『……いえ。愛らしいお方でしたね』

「何だよ、結局そこじゃねえかよ。可愛い子が好きなら好きって言えっつーの。俺も好きだよ。男なんだから当たり前だろ」

『は……さようでございますね』

ロイドのいつもと違う様子を、照れから来ていると解釈した海里は、久々に「舞台」にかかわって浮かれた気分も手伝い、呑気《のんき》な調子で言った。

「なあ、どうせ俺と一緒に稽古を見るんだから、お前も何かアイデアとかアドバイスとかあったら、俺に教えろよ。あの人たちに伝えるから」

『かしこまりました』

ロイドはやはり、やけにあっさりと話を切り上げ、沈黙する。

海里が、そのときのロイドの態度の不自然さを追及しなかった自分の愚かさを悔いたのは、その翌週のことだった。

その日も、やはり淡海と連れ立って集会所へ向かった海里は、八人のメンバーと合流し、今回は最初から「安寿と厨子王」の読み合わせに取りかかった。

台詞《せりふ》の間や、声の高低、話すスピードの緩急……そうした高齢者でもすぐに対応できるようなことをテーマに、皆で「こうしたらもっといいのではないか」という意見を出し合う。

やはり年齢が年齢だけに、打てば響くように上達するというわけではない。

それでも、新たなテクニックを身につける喜びが彼女たちの表情や声から伝わってきて、決して気が長くない海里でも、イライラすることは一度もなかった。

「OK、安寿と厨子王の別れのシーン、通しでやってみましょう。声を張り上げるより、感情をこめて丁寧に。じゃあ、スタート！」

他の六人が見守る中、安寿役、最年長のタケノさんと、厨子王役、最年少のナカちゃんが、互いに言葉にはしないが、幼いながらに決意を込め、今生の別れを交わす……そんな切ないシーンである。

台詞の聞こえやすさを確かめるために、海里は舞台から離れて部屋の隅へ移動しようとした。そのとき、視界の端に緑色のものが掠《かす》める。

「！」

ハッとして見れば、やはり先週と同じ部屋の隅っこに、あの少女が座っている。

食い入るように舞台を見つめるその瞳《ひとみ》の真摯《しんし》さに、海里は魅入られ、視線を外せなくなった。

(あの子、また来てる。よっぽど芝居が好きなのかな。もっと近くで見ていけばいいって、声かけてみようか)

そう考えて、海里は少女のいるほうへ足を向けた。

ところが……。

近づいてくる海里に気付いた少女は、ゆっくりと立ち上がった。

ゆったりしたジャージ姿でもスタイルのよさが窺《うかが》える。先週とまったく同じ、深緑色のジャージを着込み、髪をポニーテールにまとめた少女は、嬉しそうな、どこか寂しそうな微笑を浮かべ、海里を見た。

そして、右手を胸元に当て、膝《ひざ》を曲げ……まるでカーテンコールで女優がするようなお辞儀をしたと思うと、魔法のようにかき消えたのである。

「……ッ!?」

驚きの声を上げそうになった海里だが、舞台上の二人の演技を邪魔してはいけないという思いが咄嗟《とっさ》に働き、喉《のど》までせり上がった声をすんでのところで飲み込む。

バクバクする心臓を宥《なだ》めながら部屋の壁にもたれかかった海里は、ポケットの中のセルロイド眼鏡に掠れ声で呼びかけた。

「おいロイド。お前、先週なんか言いかけてやめたの、これか」

『……おそれながら、さようでございます』

「あの子、幽霊……なのか？」

押し殺した声で問いかけた海里に、ロイドは少し間を置いてから答えた。

『そのようでございますね。……先週は、あまり余計なことを申すまいと、お伝えしなかったのですが……』

「あの子が幽霊だって以外に、何かわかったことがあるのかよ？」

『……はい』

やはり、饒舌《じょうぜつ》な彼には珍しいくらい躊躇しながらも、ロイドは海里だけに聞こえる小さな声でこう告げた。

『幽霊は普通、さまよえる魂でございます。さまよい、漂い、いずれ孤独な魂は崩れ、消えゆくもの。しかしあのお方は、先週も、今も……』

「何だよ？　勿体《もったい》ぶらずに教えろって」

『淡海先生のお体の中に、消えていかれました』

「淡海先生の⁉」

海里は仰天して、舞台の前に置いたパイプ椅子に腰掛けている淡海の痩《や》せた背中を見た。

淡海は教え子たちの熱演にすっかり引き込まれており、幽霊の少女のことなど気にする素振りはない。

「ってことはつまり、あの女の子、淡海先生の関係者……？　身内とか、彼女とか」

『どのようなご関係の女性かはわかりませんが、おそらく縁《ゆかり》の、大変近しいお方でありましょうね』

「淡海先生に祟《たた》ってるってこと？」

『いいえ。そのような悪意は感じませんでした。決して、淡海先生に害を為《な》すようなお方ではないと推察致しますが、はて、ならばなにゆえ淡海先生と共におられるのやら。眼鏡ごときにはわからぬ、人の心の不思議でございますなあ』

「や、俺にもさっぱりわかんないから。ただ……そっか。幽霊にも、芝居が好きな子がいるんだなあ」

不思議な感動を胸に、海里は淡海の背中と、二人の「年上の教え子」の姿を見つめ、「色々すげえ」と呟《つぶや》いたのだった。

四章　いつもあなたと

「どうや、淡海先生の手伝いのほうは。次の日曜が本番なんやろ？」

客が途絶えたので洗い物をしていた海里は、夏神に問われて手を止めた。

例によって、禁煙を始めたときからずっと手放せないらしい棒付きキャンデーをくわえた夏神は、スツールに座り、広げた夕刊を顎《あご》まで下げて海里を見ている。

レバーを上げて水を止めてから、海里はシンプルに答えた。

「いい感じっす」

そのいかにも海里らしいフレーズに、夏神はホロリと笑う。

「ええ感じか。そらよかった。週末以外にも直前の稽古《けいこ》に割く時間が必要やったら、遠慮せんと言えや？　淡海先生にはお世話になっとんのやし」

「んー、大丈夫みたいだよ。稽古もそれなりにはかどったし、最初は小道具とかも色々手伝わなきゃいけないのかと思ってたんだけど、みんな元気なんだよな。俺とか淡海先生が手を貸そうとすると、キーキー怒られんの。たぶん、当日の会場設営だけは、力仕事だから俺たちがやんなきゃだけど」

「そら頼もしいこっちゃ。教え子さんたちは、八人やったか？　みんな、お前の祖母《ばあ》ちゃんくらいの歳やろ？　元気やなあ」

「ホントは十人いるんだけど、二人は体調崩して療養中だってさ。でも残りの八人はすっげー元気。うちの死んだお祖母ちゃんより年下も年上もいて、俺から見りゃ全員婆さんなんだけど、お互い若いだのお姉さんだの言い合ってて面白い」

夏神は「そら若造の殺生な言い様や」と苦笑いで新聞を畳んだ。

「当日の設営は、男手が必要やろ。俺も行くわ」

「マジで？　夏神さんがいたら滅茶苦茶《めちゃくちゃ》頼もしいな。当日の会場になるホール、ただの部屋なんだよ。だから舞台用にでっかい平台出したり、椅子並べたり、床バミッたり、色々やることがあるからさ」

「床を……バミる？　バミるって何や？」

「あ、そっか。目印になる場所に、色つきのテープで印をつけること。みんな目がトロいから、低い舞台とはいえ、落ちたりしたら困るじゃん？」

「ああ、なるほど。バミる、か。かっこええ業界用語やな」

新しく知った言葉を口の中で転がしながら、夏神は感心しきりで唸《うな》る。

「そっかな。とにかく淡海先生、夏神さんが手伝ってくれるって聞いたら喜ぶよ」

夏神は頷《うなず》き、それから少し躊躇《ためら》ってこう付け加えた。

「俺も、先生にこないだの恩返しをせんといかんしな」

「あ……う、うん」

海里は言葉に詰まり、眉尻《まゆじり》を下げる。

海里も夏神も、あの夜の雑誌記者とのトラブルについては、何となく話に出さないようにしていた。

海里にとっては決して面白い話ではないし、夏神にとっても、海里にはわからないが、彼のつらい過去に言及された不愉快な一件であるらしかったからだ。

そんな海里の戸惑いを表情から悟ったらしく、夏神は心底済まなそうに詫《わ》びた。

「すまんな、気ぃ遣わせてしもて。俺が、昔の話をせんばっかりに」

「それはいいんだ!」

反射的にそう言った海里だが、夏神が僅《わず》かに痛そうな顔をしたので、「別に聞きたくない」という拒絶と捉《とら》えたのだと気づき、慌てて言葉を付け足す。

「ちげーよ? ホントは夏神さんに昔何があったのか、気になってるし、聞きたいとも思ってる。だけど、俺が気にしてるからとか、俺に悪いからとか、そういう義理で話してほしくないんだ」

「お……おう」

「いつか、心から俺に話してみたいって思ったら、そんときはいつでも捕まえて喋《しゃべ》ってくれよ。俺、トイレに入ってるとき以外なら、いつだって聞くからさ」

深刻な雰囲気になるのが嫌で、真面目な台詞《せりふ》にわざと冗談を交ぜてくる海里の思いやりに、夏神は一瞬、いかつい顔を歪《ゆが》めた。

だが彼は潤みかけた目をギュッと閉じると、一つ深呼吸してから立ち上がった。

「あっ、もしかして感動した？」

「アホか」

茶化す海里の頭を、照れ隠し丸出しで軽くはたくと、夏神は客もいないのにコンロの前に立つ……と、絶妙なタイミングで引き戸が開いた。

入って来たのは、噂をすれば影の淡海五朗である。

「いらっしゃい！」

「いらっしゃいませー」

夏神と海里は、驚きながらも笑顔で挨拶《あいさつ》をする。夏神はさりげなく口から飴《あめ》を出し、小皿の上に載せた。

「や、こんばんは。真夜中のストレンジャーです。この時間帯に僕だけ？　珍しいね」

軽く手を挙げ、吉川晃司《きっかわこうじ》の古い歌のタイトルを口にした彼は、いつものようにカウンター席に座る。壁の時計を見れば、確かに真夜中過ぎである。

「そういう日もありますわ。今、先生の、ちゅうか発表会の話をしとったとこです」

水代わりの冷たい麦茶とおしぼりを置き、夏神はそう言った。傍らから、海里も言葉を添える。

「そうそう。発表会当日、夏神さんも設営の手伝いしてくれるんですって」

「ホントに？　そりゃ嬉《うれ》しいな。何しろ僕がこのザマだからね。あんまり役に立ちそうにないし」

淡海はオーバーサイズのサマーセーターの袖《そで》をめくり上げ、細い腕を露出して情けない笑みを浮かべる。

「俺は力仕事しか役に立てませんので。当日は、ええように使うたってください」

そう言って調理に取りかかろうとした夏神は、ふと入り口近くのカウンター席に目をやり、「お」とごく小さな声を立てた。

「ん？」

何げなく夏神の視線を追った海里は、息を飲んだ。あやうく上げそうになった声を、すんでのところで飲み下す。

そこには、あのジャージ姿の少女がぽつんと座っていたのである。

(やっぱりあの子、淡海先生に……憑《つ》いてる、のか)

海里はまじまじと少女を見た。

生きている人と変わらない、けれどよく見るとほんの少しだけ「気配が薄い」感じがする彼女は、行儀良く椅子に座り、背筋を伸ばして、じっと斜め前にいる淡海を見つめている。

海里の不躾《ぶしつけ》な視線など、気にも留めない様子だ。

(けど、なんで？　淡海先生はこれまで何度も店に来たけど、あの子がここで姿を見せ

るのは、これが初めてだ）

彼女が現れた理由、そして彼女と淡海の関係が気になって、海里は仕事を忘れてその場に立ち尽くす。

こちらは幽霊が「来店」することには慣れっこの夏神は、食材を準備するふりをしながら海里の脇腹を小突き、耳打ちした。

「おい、どないしてん。もううちに来てこんだけ経ったら、幽霊のお出ましにも慣れたやろが。何をそないに驚くことがあんねんな」

海里も早口で囁《ささや》き返す。

「あれ、淡海先生に憑いてる子なんだ。俺、これまで三度見たことがある」

「何やて？」

「朗読劇の稽古場《けいこば》にこれまで三度行って、三度とも現れた。すぐ消えちゃったけど。そんでロイドが、あの子は淡海先生に憑いてるって言ってた」

ごく短く説明され、夏神は目を剥《む》いた。

「淡海先生に？　ホンマか？　これまで見たことないで」

『さようでございます。お店でお出ましになったのは、今宵が初めてですが』

海里のポケットの中から、ロイドも淡海には決して聞こえない小声で囁く。

一方、幽霊に「憑かれている」はずの、そして実際に幽霊少女に瞬きもせず見つめられている淡海本人には、彼女の姿はまったく見えていないらしい。

突然、ヒソヒソ話を始めた夏神と海里の様子を不審に思ったようで、淡海は不安げに二人に声をかけた。

「もしかして日替わりが売り切れだったりした？　悪いタイミングで来ちゃったかな」

「あ、いえいえ。今日の日替わりは酢豚なんですけど、先生、パイナップル入れても大丈夫かなて心配になりまして。イガにどうやろって訊《き》いとったんですわ」

夏神は咄嗟《とっさ》の笑顔で、そんなごまかし方をした。

確かに、今日は来る客ごとに「酢豚にパイナップル投入の可否」を確認していたので、まったくの嘘ではない。

だからこそ、不自然に聞こえなかったのだろう。淡海はホッとした様子で答える。

「別にパイナップルを入れたからって激怒するようなタイプじゃないんだから、直接訊いてくれたらいいのに。大丈夫だよ、パイナップル好きだから」

「そうですか。そらよかった。ほなイガ、パインも出してくれや」

「はいっ」

海里も妙にいい返事をして冷蔵庫に向かう。

取り出したのは、下準備の済んだ野菜と、大きめの一口大に切り、下味を付けてフリージングバッグに詰め込んだ豚肉、それに切り分けて密閉容器に入れた缶詰のパイナップルだった。

食材を調理台に置くと、海里は揚げもの用の鍋《なべ》を火にかけた。それからステンレスのボウルを戸棚から取り、夏神に差し出す。

それを受け取った夏神は、ボウルに一人前の豚肉と片栗粉を入れ、大きな手でまんべんなくまぶしつけた。

それからフライパンに火を点《つ》け、油を引いて、既にカット済みのタマネギ、ピーマン、タケノコ、椎茸《しいたけ》、茹《ゆ》でた人参を炒《いた》め始める。

他の客にはもう少し遅い段階で野菜を炒め、シャキッとした状態で仕上げるのだが、夏神は既に、淡海が火の通りの浅いタマネギが大の苦手だと知っている。

だから今に限っては、やや早すぎるタイミングで野菜の加熱を始めたのだ。

「イガ、副菜もう出して」

「はい」

海里は言われたとおり、冷蔵庫からもう一つ、小さめの密閉容器を出してきた。

そこには甘酢に浸《つ》けた薄切りの胡瓜《きゅうり》が詰まっている。

それを琺瑯《ほうろう》引きの小さなボウルに一人前入れて、わかめと焼いたハモの皮を刻んだものを加え、よく馴染《なじ》ませてから小鉢に盛った。上からぱらりと解《ほぐ》した花穂紫蘇《ほじそ》を散らせば、あっという間に小洒落《こじゃれ》た酢の物の出来上がりである。

最初から全部混ぜてしまえばいいのに、と海里は思うが、夏神が言うには「わかめをずっと酢に浸けとったらブヨブヨになる。ハモ皮の食感も死んでしまうからな。そこはその都度やらな」ということらしい。

「おまちどおさまです。今日の副菜、鯛《たい》の子の煮付けと、ハモ皮入りの酢の物です」

そう言って海里が小鉢二品を出すと、淡海は食の細い彼にしては珍しく、実に嬉しそうに揉《も》み手《で》をした。

「おお、ハモ皮。京都ではポピュラーだそうだけど、この辺りじゃ、あんまり使わない食材じゃないかい？」

夏神も、意外と美食家らしい淡海の反応に、油に豚肉を放り込む手を休めて笑みを見せる。

「そうですねえ。せやけど旨《うま》いし安いし、ええ食材ですわ。まあ、京都では祇園祭《ぎおんまつり》の頃に食べるもんらしいんで、九月に出したら、えらい野暮かもしれへんですけど」

「なんのなんの。本当は、松茸《まつたけ》が出回る秋のハモがいちばん美味《おい》しいって聞いたことがあるよ。秋までハモを食べるなら、ハモ皮だって秋までOKでしょ。いただきます」

「どうぞどうぞ。もうじき酢豚が出来ますけど、味が強いんで、他のもんは先に上がってもらったほうがええと思います」

「なるほど。残暑に挫《くじ》けがちな胃袋には、お酢は嬉しいね」

淡海は納得した様子で、出された副菜を旨そうに口に運ぶ。

「お？　九月になっても夏バテですか、先生」

「毎年のことだけどね。正直、ここに来て半強制的に肉や魚を食べさせてもらえないと、ずっとコンビニの冷たい麺類《めんるい》とサラダで済ませてしまいそうで」

「そんなんしてはるから、余計にいつまでも夏バテが残るんですわ」

「わかってるんだけどさあ。独り身だと、ついそうなっちゃうんだよ」

「ほな、毎日来てください」

「毎日の散歩はきっついな〜。暦の上では秋の夜とはいえ、まだまだ蒸し暑いからね」

そんな淡海と夏神の他愛ない会話を聞き流しながら、海里は少女の幽霊をじっと見ていた。

過去三回の稽古《けいこ》で見かけたときは、一度目は目を離した隙に消え、二度目は、海里と目が合うと、すぐに芝居がかったお辞儀を残して消えてしまった。

三度目は三日前の最後の稽古の日、そのときは、しばらく海里の顔を見つめていたが、やはり小さく頭を下げ、消えていった。

だが今、彼女はじっと椅子に掛けたまま、消える気配がない。

いったい何故、今夜は店で姿を現したのか、そして、何故消えずにいるのか。

（なんか理由があるのかな）

夏神は豚肉を油から引き上げ、パイナップルと共に炒めた野菜に加えて、合わせ調味料を流し込む。ジャーッという小気味良い音を聞きながら、海里は淡海が食べることに集中しているのを確かめ、少女に歩み寄った。カウンター越しに、少女と向かい合う。

ずっと淡海を見ていた少女は、ゆっくりと首を巡らせて海里を見た。

店に来る幽霊は、だいたい目の前の少女と同じように、少し透ける感じがすることが多い。

そしてほとんどの幽霊は、ただ座っているだけで、夏神にも海里にも興味を示そうとしない。まして、意思の疎通など、滅多にあるものではない。

だが少女の目は、まっすぐに海里の瞳《ひとみ》を捉《とら》えた。

黒目がちの大きな目には、まだ確かな意志の光が残っている。

『我が主《あるじ》、そのお方は死後も強い想いを持ち続けておいでのようです』

ポケットの中からロイドが囁く。「わかってる」と囁きで答え、海里は横目で夏神を見た。

出来上がった酢豚を皿に盛り、淡海に出してから、夏神は海里に素早く目配せした。どうやら彼は、賑《にぎ》やかな音を立ててフライパンを振りながら、海里の動きをチェックしていたらしい。

事情は詳しく知らないまでも、少女の幽霊が淡海に何らかの関係があること、そして海里が彼女にこっそりアプローチを試みようとしていることだけは理解したのだろう。

淡海の相手はしばらく任せておけと言わんばかりの夏神の視線に瞬きで頷《うなず》いて、海里はすぐに少女の幽霊に向き直った。

斜め後ろからは、夏神がいつもより少しだけ大きな声で、淡海に必要もない酢豚の説明を始めたのが聞こえてくる。

「なあ、俺の声、聞こえるか？」

海里は微《かす》かな声で少女に呼びかけた。

『……』

少女は何も言わず、ただ小さく頷いた。海里は、彼女が自分の問いかけに応じてくれたことにホッとして、問いを重ねてみた。

「これで四度目だよな、会うの。稽古、ずっと観に来てたよな。芝居が好きなのか？」

少女はまた一つ頷く。

「そっか。稽古見学、楽しかったか？」

少女はそこで初めて、小さな笑みを浮かべた。形のいい唇の両脇に、くっきりとえくぼが刻まれる。

幽霊には似合わない形容詞かもしれないが、実に屈託のない、明るい笑顔だ。

「ごめんな。俺がジロジロ見なきゃ、もっとゆっくり見学できたのにな」

少女は笑顔のままで、ぶんぶんと首を横に振る。ポニーテールの先が、振り子のように揺れた。

（なんで、こんな笑い方をする子が、幽霊になっちまったんだろう）

海里はつられて笑い返しつつ、不思議に思った。

店にふらりとやってきて、しばらく通っていなくなる幽霊たちは皆、暗く沈んだ顔つきをしていた。

ロイドも、幽霊というのは、この世に怒りや悲しみ、恨みといった暗い念を残して死んだ人がなりやすいようだと言っていた。

だが目の前の少女は、そんなネガティブな感情とは無縁に見える。

これまた奇妙な表現ではあるが、ただ死んでいるだけで、その他は世の中にいる他の少女たちと何ら変わらない。

「そっか……。あんた、淡海先生にくっついてるってホントか？　これまでこの店では姿を見せなかったのに、なんで、今になって出てきたんだ？　何か、俺たちに言いたいことがあんのか？」

海里の疑問を肯定するように、少女は真顔に戻り、また淡海を見た。

それまで明るかった大きな瞳に、憂いの色が浮かぶ。その、既に死人でありながら力強さを失わない視線から、彼女が淡海を深く気に掛けていることが海里には感じ取れた。

「淡海先生とあんたは、いったいどういう……」

海里がさらに追及しようとしたそのとき、淡海の訝《いぶか》しげな声が聞こえた。

「どうしたの、五十嵐君。カウンターに向かってブツクサ言って」

どうやら夏神の努力も虚《むな》しく、淡海は海里の不可解なアクションに気付いてしまったらしい。

海里はギクリとして「あ、いや」と淡海のほうに向き直ったが、そのとき、幽霊の少女が椅子から立ち上がった。無論、死人なのだから足音はしない。

彼女はゆっくりと淡海の背後に立ち、彼の両肩にそっと手を置いた。それでも淡海は、少女に気付く様子がない。可哀想なほど、霊感がないのだろう。

（これって俺に、淡海先生のために何かしてくれってことか？　朗読発表会の手伝い以外に、何か？）

問いかけるように、海里は少女を見る。少女は「お願いします」と言うように、海里にお辞儀をしてすっと消える。

「あっ」

「五十嵐君？」

（あんたのことを先生に訊《き》けってか？　俺なんかが立ち入っていいことなのかよ）

「五十嵐君？」

「あ、はいっ」

逡巡《しゅんじゅん》していた海里は、淡海に繰り返し呼びかけられ、ハッとして返事をした。見れば、淡海は訝しいを通り越して心配そうにしており、夏神は「すまん」と言うかわりに、あちゃーという顔をする。

「大丈夫？　何だかさっきから様子が変だけど」

「あ、あーと……えーと」

なおも海里は躊躇《ためら》ったが、さっきの少女の縋《すが》るような目に背中を押され、口を開いた。

「あの……あの、ですね、淡海先生。変なこと訊いていいですか？」

淡海は酢豚のパイナップルを摘まんで口に入れ、小首を傾げた。

「いいよ。どうしたの、あらたまって」

どう切り出したものかと数秒考えてから、結局海里は勇気を振り絞り、これ以上ないほどストレートに切り出した。

「先生、たぶん女子高生……に、知り合いはいないですか？」

「は？」

淡海は細い目を見開く。単純に面食らっている表情だ。

「女子高生かい？　最近、僕が書いた恋愛小説がドラマ化されたから、若い読者が増えたけど、それでも女子高生はどうかなあ」

「あ、いえ、そんな不特定多数の話じゃなくて……ええと」

質問に窮して、海里はやむなく、さっきまで見ていた幽霊少女のルックスをそのまま言葉にしてみた。

「髪の毛が長くてポニーテールにしてて、目がでっかくて、笑うとえくぼができて、とにかく総じて凄《すご》く可愛い。そんじょそこらのアイドルより、全然、スッピンで可愛い。そんで深緑色のジャージを着てて……あ、そうそう、ジャージの上着の襟に、金色のペンギンの、ちっちゃいピンバッジが」

海里がそこまで話したとき、淡海が突然、立ち上がった。木製の椅子が、大きな乾いた音を立てて床に倒れる。

これまでの温厚な態度からは想像もできない荒々しさで、淡海はテーブルを両手で叩《たた》いた。

「君は！　まさか、僕が夏神さんのことを調べた意趣返しで、僕のことを調べたのか⁉　しかも僕自身じゃなく、僕の家族を……」

「家族⁉」

初めて聞いた淡海の怒鳴り声に気圧《けお》され、半歩後ずさりながらも、海里は驚いて問い返した。

「そうだろう⁉　知ってて言ったんだろう？　それはどう考えても、僕の妹の話じゃないか！」

「妹？　あの子が？」

「あの子って！　純佳《すみか》はとっくに死んだ。君があの子と知り合うチャンスなんて、万に一つもなかったはず……」

そのとき、二人の間に割って入ったのは、夏神だった。彼は何か言い返そうとした海里を片腕で制し、迫力のあるギョロ目で淡海をジッと見据える。

「今、俺のことを云々《うんぬん》っちゅう言葉が聞こえた気ぃがしますけど、それはまあええですわ。せやけど、イガは好奇心や嫌がらせで他人様《ひとさま》のプライベートをほじくるような奴やない。それは、俺が保証します」

「でも、夏神さん！　今、彼は」

「幽霊」

「えっ？」

思いもよらない夏神の一言に、淡海は両手をカウンターについたまま、ぽかんと口を開いたままになる。

夏神は太い指で、さっき幽霊の少女が座っていたカウンター席を指さした。

「あんまり他人様に言い回るようなことやないんですし、先生にも信じてもらえるかわかりませんけど、うちの店、たまに幽霊が来るんですわ」

「……ちょっと待ってよ。何の話をしてるんだい、マスター」

「ええんか悪いんか、俺もイガもちょっとした霊感があるらしいて、見えてしまうんですわ、そうした幽霊が。この店が川沿いにあるからか、隣が教会やからか、それはわかりませんけどね。先生が信じようと信じまいと、幽霊が来るんはホンマのことです」

いつもは快活な夏神が真顔で喋《しゃべ》ることには、妙な信憑性《しんぴょうせい》がある。淡海も、頭から馬鹿にすることができず、モゴモゴと口の中で言葉を転がすばかりだ。

「ほんでさっき、そこの席に、今イガが言うたとおりの女の子がしばらく座ってました。ついさっき、先生の背後から両肩にこう、手ぇ置いて、イガに頭を下げて消えよったんです」

「そんな……馬鹿な」

「それがどういう意味なんか、俺にはわかりません。せやけど、イガにはイガなりに思うところがあったんでしょう。ひとまず気持ちを抑えて、話を聞いたってもらえませんかか」

「でも、幽霊なんて、そんな。純佳が……妹が死んでから、もう十三年も経ってるんですよ。法事はちゃんとしてるのに、どうして幽霊なんかに」

呆然《ぼうぜん》とした様子で呟《つぶや》く淡海に、海里も言葉を探しながら言った。

「驚かせてしまって、すいません。妹さんだなんて、先生から聞くまで知りませんでした。だけど、発表会の稽古場《けいこば》で見かけたんです。三度も。さっきで四度目です」

「稽古場に？」

「はい。凄く真剣な目で、稽古《けいこ》を見守ってました。俺がジロジロ見たせいで、消えちゃったんですけど。その子がさっき、店に現れたんで、俺、ビックリして。あの子、先生をずっと見てました。心配そうな顔で」

「あ……」

淡海のほっそりした顔に頑固にくすぶっていた怒りの色が、水で流されたように消えていく。

それと同時に身体じゅうの力が抜け、彼は床にしゃがみ込んでしまった。

「先生!?」

夏神は慌ててカウンターから出て椅子を立てた。淡海のぐんにゃりした痩軀《そうく》を抱え上げるようにして、椅子に座らせる。そのまま自然な流れで暖簾《のれん》を取り込み、入り口に鍵《かぎ》まで掛けてしまった。

店の営業を妨げて申し訳ないと思いつつも、海里はカウンター越しに淡海の顔を覗《のぞ》き込んだ。

「大丈夫ですか？」

するとと淡海は、半分ほど残っていたグラスの麦茶を一息に飲み干し、深い息を吐いて言った。

「申し訳ない。君の人格を貶《おとし》めるようなことを言って、悪かった。僕は幽霊なんか見えないし、信じないけど、それでも君やマスターがたちの悪い嘘をつく人間じゃないってことはわかってる。それに……妹が演劇好きだったことなんて、僕の家族をよほど詳しく調べない限り、わからないことだ。ペンギンのピンバッジのこともね。あれは大昔、僕が妹に贈ったささやか過ぎるプレゼントなんだよ」

「じゃあ」

「信じざるを得ない。僕に、妹の……純佳の幽霊が取り憑《つ》いている。そうなんだね？」

海里は、曖昧《あいまい》に頷《うなず》く。

「取り憑いてるっていうか、先生と一緒にいるっていうか。あの、先生の話を聞けば、妹さんがどうして幽霊になったかとか、どうして亡くなって十三年も先生と一緒にいたかとか、わかるかもって。いや、わかったからどうってわけじゃないんですけど」

「でも君は、好奇心から訊《たず》ねてるってわけでもなさそうだね？」

海里の真摯《しんし》な言葉に、淡海もようやくいつもの冷静さを取り戻してそう言う。海里は今度ははっきりと頷いた。

「俺、この店で幽霊たちを見るようになって、思ったんです。意思の疎通ができる奴もできない奴もいるけど、できる奴は、何か俺たちにしてほしいことがある。伝えたいことがある。俺にできることは少ないけど、そいつらが成仏っていうか、気持ち良く消えていけるように手助けができるならって」

「……どうして？」

「役者やってたとき、ファンの人にうんと助けてもらったからです。俺、デビューした頃はホント素人に三本毛が生えたくらいの状態でした」

「僕が見たときには、そこそこ上手だったけどね」

慰めているのか微妙に貶《けな》しているのかわからない評価を大真面目に下し、淡海は先を促す。海里はしみじみした口調で続けた。

「だけどファンの人たちが、俺たちの成長を見守ってくれました。高いチケット買って、劇場に足を運んで、パンフやDVDまで買って、俺たちが最後まで公演を続けられるように支えてくれたんです」

「……うん」

「そのことを、朝の情報番組に出て調子に乗ってた頃は、すっかり忘れてました。だけど、俺がここにいるのがバレてから、ミュージカル時代のお客さんが何人も訪ねてきてくれて。怒られて当然なのに、元気でよかった、頑張って……って言ってくれた人がたくさんいました。ありがたいなって。名前も顔も知らない人たちに、俺はずっと支えてもらってたなって、胸に刺さるくらい実感したんです。だから……」

「だから、袖《そで》振り合うも多生の縁、か。名も知らぬファンの人たちが君を支え、助けてくれたように、今、君も見知らぬ幽霊たちを助けたいと思うんだね？」

「助けるってほど、大したことはできないんですけど。でも、先生の妹さんなら、なおさら何とかしてあげたいです」

「……ありがとう」

淡海は寂しく笑って、いつもは猫背気味の背筋を伸ばした。そして、覚悟を決めるように一つ深呼吸してから話し始めた。

「五十嵐君には話したけど、僕の実父は大物政治家でね。家庭を持つ身でありながら、飲食店で働いていた母と関係を持ち、母は僕を身ごもった。当時の母がどういう心境だったか、僕は知らない。僕を中絶せずに産んでくれた。それだけで十分だ」

「えっと……認知、とかは？」

「実父には既に息子がいたんだ。だから、認知すると何かとややこしいと思ったんだろうね。その代わりに、実父は自分の秘書を母と結婚させた」

「うわ……滅茶苦茶政治家っぽい」

「はは、ホントにね。だから僕は表向き、養父と母の実子ということになっている。だから小学校に上がる頃までは、養父のことを実父だと思っていたよ。当たり前だよね。

だけど世の中には、子供に残酷な真実を告げることを趣味にしている連中がいるんだ。それも周囲に一人や二人じゃなく、ね」

いつもののんびりした口調で、しかし声音には静かな怒りと皮肉を込めて、淡海はサラリとそう言った。

むしろ聞き手のほうの夏神と海里が、思わず顔を歪《ゆが》める。

「つまり……そのこと、どっかの大人にチクられたってことですか」

海里の質問を、淡海は肩を竦《すく》めることで肯定した。

「まあ、ゴシップ好きはどこの世界にもたくさんいるから。おかげで僕は、人生の早い段階で、自分の出生の秘密を知ってしまった。それでようやく合点がいったよ。父が何故いつも、僕のご機嫌を伺うような、一歩退いた態度を取るのか。母が何故、そんな父にあからさまに気を遣っているのか」

淡海は切なげに目を伏せた。夏神も海里も、ポケットの中のロイドも、酷《ひど》く息苦しい思いで淡海の告白に耳を傾ける。

「そうか、僕は養父にとっては、上司からの預かり物なんだ。養父が立身出世するためには、僕がこの家での待遇に満足し、実父に迷惑をかけないような人物に育つことが必《ひっ》須《す》なんだ。そう気付いてからは、自分の行動すべてに疑問を持つようになった。これをしても大丈夫だろうか、実父が養父に僕のことを訊ねたとき、この成績で大丈夫だろうか、出掛けるときはこの服装でいいだろうか……もう本当に、何もかもがね」

「それ、滅茶苦茶《めちゃくちゃ》しんどいじゃないですか。先生、その頃はまだ小学生とか中学生とかだったんでしょう。お母さんは、何も言わなかったんですか？」

海里は、見知らぬ淡海の母親を咎《とが》めるような口調で問いかける。淡海は寂しく微笑んだ。

「母は……。真実を知って以来、僕は、養父と母の関係が気になって仕方がなかった。僕を育てるために、母は打算だけで養父との結婚を承諾したんだろうか。養父は上司の命令に逆らえず、いやいや母を妻としたんだろうかって。だけど僕が十三歳のとき、純佳が……妹が生まれたんだ。養父と母の間にも、なれそめはどうあれ、ちゃんと情愛があるんだと知って、僕は本当に嬉《うれ》しかった」

「それが、あの女の子なんだ」

海里は、さっき自分に向かって笑いかけた純佳の顔を思い出し、確かにあまり淡海には似ていなかったな……と余計なことまで考えてしまう。

淡海は懐かしそうに頷いた。

「うん。妹は生まれた日から、まさに家族のかすがいだった。妹が生まれたことで、養父と母は本当の夫婦になれたんだろうね。可愛くて天真爛漫《てんしんらんまん》で、妹はいつだって一家の中心にいた」

夏神は、淡海のグラスに麦茶のお代わりを注いでやりながら、問いかけた。

「せやけど……若うして、亡くなられたんですね」

淡海は頷いた。

「妹は幼い頃から女優になりたいと言っていてね。中学高校と、演劇部で頑張っていた。僕は大学を卒業後、恐らくは実父のコネでいい会社に入れてもらったんだけど、どうも会社勤めは合わなくてね。身体を壊して、三年で辞めた。療養中に小説を書き始めて、妹が高校に入った年、作家デビューしたんだ。もう、三十路《みそじ》手前だった」

よく冷えた麦茶で喉《のど》を潤し、淡海はふうっと息を吐いてから話を続けた。

「実父のことが世間に暴露されかけたこともあって、養父と母は渋い顔だったけどね。妹は物凄《ものすご》く喜んでくれた。いつか、お兄ちゃんの書いた小説がドラマになって、主演女優に私が選ばれる、その日を目標にお互い頑張ろうって、よく言ってたよ。……だけど高校二年の秋、妹は登校途中、居眠り運転のトラックに轢《ひ》かれて死んだ。即死だった。顔が無傷だったのがせめてもの幸いだったかな」

夏神も海里も、言葉もなく立ち尽くす。

眼鏡姿のロイドがもらい泣きしてズビッと洟《はな》を啜《すす》る音が聞こえ、海里は肝を冷やしたが、幸い、淡海は気付かなかったらしい。

「妹が死んだ日に、家族は呆気《あっけ》なく空中分解した。養父と母は嘆き悲しんでいたし、そんな二人を見ていたら、僕は、何故死んだのが僕じゃなかったんだろうと思えてならず、つらくてね。それで、家を出たんだ。以来、実家には一度も帰っていない。親と顔を合わせるのも、妹の法事のときだけだよ」

そんなふうにみずからの半生と妹の一生を語り、淡海は自分には見えない亡き妹の幽霊を探すように、自分の背後を見返った。

「それで、妹の……純佳の姿は、今も君たちには見えているのかい？」

海里はかぶりを振った。

「いえ、今は。だけどきっと、先生と一緒に」

『はい、微《かす》かですが気配が致しますよ』

「ん？　今のは誰の……」

うっかり海里のエプロンの中から声を出してしまったロイドの声を、淡海は今度こそ聞き咎めてしまう。海里は慌てて両手を腰に当て、無駄に胸を張った。

「今の、俺です！　腹話術！　なかなかのもんでしょ？」

咄嗟《とっさ》の嘘だったが、淡海はそれを、重苦しい空気を吹き払おうという海里の思いやりと受け取ったらしい。小さく笑って、「驚いた。騙《だま》されたよ」と言った。

だがそんな笑みは、ほんの数秒で消えてしまう。

「そうか……。幽霊になってしまったのか。それほどまでに、純佳にとっては不遇な人生だったんだろうね」

ぽつりと零《こぼ》した淡海の言葉に、海里と夏神は顔を見合わせる。

「不遇て、先生。ええお家《うち》で、ご家族みんなに愛されて、大事に育てられた娘さんやないですか。そら確かに、亡くなり方は不幸やったでしょうけども」

「傍目《はため》にはね」

夏神をチラと見て、淡海はすぐに力なく項垂《うなだ》れた。その視線は、両脚の間で緩く指を組み合わせた、自分の手に落ちる。

「だけど、いつも兄ばかりを腫《は》れ物のように扱い、顔色を窺《うかが》う父親と、そんな夫と息子の関係に常に気を揉《も》んでいた母親。そして自分の身の置き所をいつも探している兄。あの子にとっては、決して居心地のいい環境ではなかっただろう。……妹も中学に入ってすぐの頃、家族の秘密を知ってしまったようだ。それをはっきり僕には言わなかったけど、相手はまだ子供だ。ちょっとした態度の変化で、すぐにわかる」

「だけど純佳さんは、先生のことをずっと慕ってたんでしょう?」

「そうだね。真実を知ってからは明らかに、僕と両親を積極的に結びつけようと躍起になっていた。みんなで外食に行きたいと言ったり、家族旅行を提案してみたり」

「それ、上手《うま》く行かなかったんですか?」

海里が躊躇《ためら》いながら訊《たず》ねると、淡海は顔を上げ、弱々しく微笑んだ。

「養父は、外食にしても旅行にしても、必ず肩が凝るほど一流の店や宿を予約した。上司の落とし胤《だね》にふさわしい場所をと考えていたんだろう。だけど妹は、家族で回転寿司に行きたい、ファミレスに行きたい、民宿に泊まろうって駄々をこねた。妹が我が儘《まま》を言い、僕がそれを歓迎すれば、両親だって受け入れざるを得ないからね。妹が死ぬまでの四年くらいは、普通の家族みたいな団らんも、たまにはあったねえ」

「だけど……妹が死んで初めて気付いたんだ。僕は、自分の居場所を家庭内で探すのに必死で、妹の負担を、少しも考えてやれなかった」

「妹の、負担？」

「いつも何かにつけて優遇される兄を、妹はずるいと思っていなかっただろうか。僕さえいなければ、あんな気配りをしなくても、普通の家族になれるのにと思ってはいなかっただろうか。……いや、違うな。妹はそんなことを考えるような子じゃない。だけど僕は、妹の優しさをただ搾取するだけで、妹のために何もしてやれなかった」

海里は困り果てて、薄い唇をへの字に曲げた。

「搾取って。先生は、兄貴としてフツーに妹を可愛がってたでしょ？」

「それは当たり前だよ。だけど、それだけだ。妹は、僕に本物の家族を与えてくれようとした。妹だけが、僕が作家になることを喜んで、あの子のために素敵な小説を書くという大きな目標を与えてくれた。僕が今こうして作家として自活していられるのは、妹のおかげなんだ。それに見合うだけのことを、僕は純佳にしてやれなかった。だからこそ……彼女は僕と共にいるんじゃないだろうか。償いを、求めているんじゃないだろうか。そんな気がする」

「そんな……」

反論しようとした海里の肩を、夏神がポンと叩《たた》いて窘《たしな》める。

淡海は口の端だけで小さく笑った。

「そうはいっても、後悔先に立たずだ。僕にできることは、妹の魂の気が済むまで、彼女を背負って、小説家として生き続けることだけかもね。どんなヒロインを書いても、妹の面影をそこに落とし込んでしまう呪いを抱えたままで」

「淡海先生……」

「このことについては、何もしてくれようとしなくていいよ、五十嵐君。話を聞いてもらっただけで、少しだけ心が軽くなった。妹がまだ僕と一緒にいること、教えてくれてありがとう」

「い、いや、そんなこと……」

「日曜日の発表会本番には、どうぞよろしく」

椅子から立ち上がり、淡海は綺麗《きれい》な姿勢で頭を下げた。それは実に慇懃《いんぎん》な態度だったが、同時に、「これ以上、この件については介入無用」という明白な拒絶でもあった。

「それは勿論《もちろん》、一生懸命サポートしますけど、でも」

「これを持って帰ってください。そんだけしか食うてへんかったら、また深夜に腹減って、仕事ができんようになりますよ」

いつの間に皿を下げ、食べかけの料理を包んでいたものか、夏神は海里の言葉を再び遮り、小さな紙袋をカウンター越しに淡海に差し出した。

「あ……ありがとう、マスター」

食事を途中でやめてしまったことに、そのとき初めて気付いたらしい。淡海は申し訳なさそうに紙袋を受け取る。

「人間、腹が減るとろくでもないことを考えます。飯はちゃんと食うてください」

「マスター……」

「男や言うても、物騒な世の中ですし、帰り道、くれぐれも気ぃつけて」

夏神は目尻《めじり》に皺《しわ》を寄せて笑うと、そんな言葉で淡海を送り出した。

淡海が店からいなくなるのを待ちかねたように、ロイドが人の姿で現れる。相変わらずの、英国紳士スタイルである。

「なんともおいたわしいご兄妹《きょうだい》であられますなあ」

泣きはらした目で開口一番そう言ったロイドを、夏神は閉口した様子で見た。

「お前、イガのポケットの中で思いくそ泣きよってから。声が聞こえたときには、ビビッたで」

「失礼致しました。つい……。しかし、淡海先生は、思い違いをなさっているご様子。妹君は、そのような恨みがましいお心持ちで、兄君のもとに留《とど》まっておいでては」

「ないっちゅうんか？」

「俺もそんなじゃないと思う。あの子、どっちかっていうと、寂しい顔してた」

カウンターを拭《ふ》きながらロイドに同意した海里に、夏神は腕組みして唸《うな》る。

「寂しいっちゅうんは、兄貴が幽霊になった自分に気付かんからか？」

「うーん……。それはどうだかわかんないけど」

布巾《ふきん》を持ったまま、海里はさっきまで淡海が座っていた椅子に腰を下ろした。ロイドは期待の眼差《まなざ》しで、主の元へ歩み寄る。

「我が主《あるじ》、あのご兄妹のために、わたしたちが何か……」

しかし海里は、いささか悔しそうに言い放った。

「できねえだろ、少なくとも、今は」

「おや、我が主にしては、諦《あきら》めがいやにようございますね」

「諦めたわけじゃねえよ。今は、っつったろ！」

不機嫌に言い返し、海里はカウンターに片肘《かたひじ》をついて、ロイドの彫りの深い顔を睨《にら》みつける。

「と、仰《おっしゃ》いますと」

「淡海先生の過去に土足で踏み込んじまった以上、何もなかったふりをするつもりはねえよ。淡海先生は、これ以上かかわってくれるなみたいな顔してたけど、妹はそうは思ってない……と、俺は感じてる」

ロイドは我が意を得たりと骨張った手を打つ。

「それでこそ我が主！　確かに妹君は、淡海先生をたいそう気に掛けておられたようでした。して、いつ、いかようになさいます？」

「だから、それはまだわかんないって。けど、今夜はそのときじゃないんだろ。だからあの子、先生が帰るまで姿を見せなかったんだと思うんだ」

「なるほど！」

そんな二人の会話をじっと聞いていた夏神は、壁掛け時計を見た。まだ午前二時前、夜明けまでは間がある。

「淡海先生は、うちの大事なお客さんや。……くれぐれも頼んだで、イガ」

いちどしまい込んだ暖簾《のれん》を取り出しながらの重い信頼の言葉に、海里は立ち上がり、きっぱりと返事をした。

「わかってる」

そして夏神の手から暖簾を受け取ると、引き戸の鍵《かぎ》を開け、もう一度、入り口に紺色の暖簾を掛けたのだった。


それから四日後の日曜日。いよいよ、発表会当日である。

ルナ・ホールの小ホールでは、貸出時間の午後一時から、夏神と海里、それに淡海が会場設営を始めた。

淡海は、数日前のことなど忘れたような飄々《ひょうひょう》としたいつもの態度を保っており、夏神と海里も、彼の妹の幽霊については、何一つ口に出しはしなかった。

ホールの一角に平台を置いて小さな舞台を作り、舞台と客席に椅子を並べ終わる頃、絶妙のタイミングで本日の主役、劇団の面々が到着した。

皆、張り切った顔つきをしていて、手に手に、それぞれの家から持ち寄った小道具を携えている。

例によって客観的にはゆっくり、しかし彼女たちにとっての最速で飾り付けが進み、開場時間の午後二時半には、すっかり手作りの舞台が完成していた。

背景には、大きな模造紙を貼り合わせて松林と海を描いたものが、つり下げられている。

舞台の端っこにはガーデニング用ネットを漁師の網に見立てて掛け、本物の松の枝や野草、貝殻などを飾り付けて、素人の作ながら実に野趣溢《あふ》れる設《しつら》えだ。

出演者たちがいったん楽屋に引き上げ、衣装に着替える間、夏神と海里は受付を、淡海は来場者への挨拶《あいさつ》や、席への誘導を担当した。

来場者の中には、海里の顔を見て「おや」という顔をする人もいたが、いくら一般人になったといっても、こんな素人劇団のために受付業務をするとは思わなかったのだろう、敢《あ》えて「五十嵐カイリ」の名を口に出す人はいなかった。

やがて、午後三時。

海里たちが初めて見る、ビシッとしたスーツに着替え、癖毛を極力撫《な》でつけた淡海は、舞台脇に置いたマイクの前に立った。

見回したホール内は、思ったよりたくさんの人で満席である。

出演者の家族や友人がこぞって集ったのだろう。孫たちとおぼしき幼い子供の姿もたくさん見える。

淡海は深々と一礼したあと、小さな咳払《せきばら》いをして口を開いた。

「皆様、本日はまだ残暑厳しき中、足をお運びいただき、ありがとうございます。さて本日は、僕の拙《つたな》い教室が出発点となって生まれた小さな小さな劇団が、とうとう迎えた晴れの日です……」

そんなリラックスしていながら実に堂々とした挨拶を、夏神と海里はホールのいちばん後ろに立って聞いていた。

「なあ、イガ。こういうの聞くと、先生がええとこの坊ちゃんやって痛感するなあ」

「ホントだな」

「あ、俺、受付にもうしばらくおるわ。途中で来る人もおるやろしな」

そう言って、夏神は外へ出て行く。

海里がそのまま淡海の挨拶に聞き入っていると、ワークシャツの胸ポケットから、ロイドが小さな声を発した。

『我が主』

その声にこもる微《かす》かな緊張感に、海里はハッとして傍らを見た。

まるで当たり前のような顔で、そこには深緑色のジャージ姿の少女が……淡海の妹、純佳の幽霊が立っている。

「あんた……」

海里が何か言いかけたとき、マイクを通して聞こえる淡海の声が、ひときわ明るくなった。

「それでは、拍手でお迎えください。『劇団ばーさんず』です。演目は『安寿と厨子王』、どうぞごゆっくりお楽しみください」

割れんばかりの拍手の中、それぞれの役柄のイメージに近いものを探したり縫ったりして用意した衣装を身につけた八人の「お婆さん」たちが舞台に上がってくる。

最年長のタケノさんの顔は、興奮と期待で紅潮し、いつもよりずっと若々しく、安寿のように少女めいてみえる。

そんなタケノさんの手を引いて椅子まで誘導した厨子王役のナカちゃんも、少年らしく半ズボンを穿《は》き、頬を赤く塗り、足を高く上げて歩いている。

他の六人も、緊張してはいるが、親しい人々を前に、一様に誇らしげな表情をして、胸を張っていた。

(教えたとおり、慌てず、感情を込めて、客席のみんなを見て頑張れ……！)

海里は一瞬、純佳の幽霊が隣にいることを忘れ、自分も息を詰める。

『越後の街道を、とある親子が旅しておりました。母はまだ若く、二人の子供を連れております。姉の安寿は十四歳、弟の厨子王は十二歳でございます。親子の後ろには、乳母も従っておりました……』

稽古《けいこ》では、台本を顔につくほど近くしないと読めなかったナレーション担当のスミコさんが、今はほとんどの文章を暗記し、観客の顔を見渡しながら笑顔で語り始める。

『かかさま、早くととさまのところへ行きたいわ』

『ねえさま、道はまだまだ遠いよ』

タケノさんの安寿の第一声も、それに応《こた》えるナカちゃんの厨子王の言葉も、稽古のときより遥《はる》かに感情豊かだ。

さすが人生の荒波を越えてきただけあって、彼女たちは揃いも揃って本番に強いタイプらしい。

芝居が始まっても、幼い子供たちは時折声を上げるし、その辺りを歩き回ったりするのだが、それさえ街道のざわめきのように聞こえてくる鷹揚《おうよう》さ、懐の深さが、舞台の上にはあった。心地よい空気が、ホールを満たしている。

（ああ……大丈夫だ。いける）

自分が舞台に上がっていたときよりも緊張していた海里は、ホッと肩の力を抜いた。

同時に、ようやく傍らの少女の幽霊の様子を窺《うかが》う余裕も生まれる。

幽霊……純佳は、稽古の時にそうしていたように、瞳《ひとみ》を輝かせ、舞台に見入っていた。

海里はごく自然に、そんな彼女に小さな声で語りかけていた。

「あんたも出たかった？」

少女の幽霊は、ゆっくりと海里の顔を見た。そして、幾分残念そうに微笑んで頷《うなず》く。

「女優志望だったんだもんな。なあ、あんたの兄ちゃんは凄《すご》いよ。小説書いて、婆さんたちにこんな生き甲斐《がい》まで作ってあげて」

少女はどこか得意げにまた頷く。今度は幾分勢いよく顎《あご》が上下したので、ポニーテールの先がふわりと揺れた。

「けど、兄ちゃんは、あんたのことで苦しんでる。……なあ。あんたが死んでからも兄ちゃんと一緒にいたのは、何か兄ちゃんに伝えたいことがあるからじゃないか？」

少女は唇の動きで、「はい」と答えた。

「やっぱそうか。……あのさ、それ、俺に手伝わせてくれないかな。何か、あんたの想いを兄ちゃんに伝えられるような手立てはないか？」

海里がそう訊《たず》ねると、少女は両手の指を後ろで組んで、片足のスニーカーのつま先を床につけながら、しばらく考えていた。

やがて、何かを思いついたらしい。どこか嬉《うれ》しそうな顔で、右手を胸の高さまで挙げ、手のひらを海里のほうに向ける。

「手？　俺も？」

少女が頷いたので、海里はちょっと躊躇《ためら》いながらも、自分の一回り大きな手のひらを、純佳のそれに合わせた。

相手は幽霊なのだから、自分の手は彼女の手をすり抜けて向こう側へ行ってしまうかと思いきや、氷のように冷たいものに、手のひらが当たるのがわかった。

身震いするほど冷えた死者の手だが、ふっくらした柔らかさは、少女特有のものだ。

純佳は左手の指を目の横でキツネの影絵の形にして、目を閉じてくれと海里に要求する。

言われたとおりにすると、やがて瞼《まぶた》の裏にやや不明瞭《ふめいりよう》だが映像が見え始めた。

古い八ミリカメラで撮影した映像のようなバリバリしたノイズが入るものの、何が映っているかはわかる。音は聞こえないが、かろうじて色もついている。

それは、広々とした家庭用のキッチンだった。

誰かが、恐ろしく危なっかしい手つきで包丁を使い、ハムを細切りにしている。一部、細切りというには気前のよすぎる太さの切れっ端もあるようだ。

次に、今よりずっと若く見える淡海が心配でたまらないといった顔で近づいて来たが、おそらく追い払われたのだろう。頭を搔《か》きながら、猫背気味に退散していく。

(淡海先生の昔の姿……ってことは、料理してるのが、この子か。この子の記憶なんだな、これ)

以前、自殺した青年の幽霊に見せられたようなショッキングな映像ではなく、まるでホームドラマの如き牧歌的な光景なので、海里も警戒心を解き、映像に集中する。

そのおかげか、映像は少し鮮明になった。

両親が留守の日だったのだろうか。

お洒落《しやれ》なダウンライトに照らされた大きなテーブルに向かい合って座っているのは、

純佳と淡海だけである。

淡海は食事をしながら、とても楽しそうに笑っていた。いつものどこかシニカルな、あるいはフレンドリーすぎて逆に感情の読みにくい笑顔ではなく、心からの笑みだ。

ありふれた質素な献立、大きな手振りで話す兄、そして、ずっと無声だった映像の中で、突然聞こえた純佳の声。

その声と共に、映像はフィルムが切れたようにプツンと途切れた。

「あ……」

海里は右手を挙げたまま、ゆっくりと目を開けた。

純佳の姿は、もう消えている。だが彼の手のひらには、彼女の手のひらの冷たさが軽い痺《しび》れとして残っていた。

（そうか……。そういう、ことか）

海里は、まだ耳の奥で響いている純佳の言葉をゆっくりと噛《か》みしめた。

それから、足音を忍ばせて会場の外に出る。

ホール前の受付席にいた夏神は、海里を見て「お」と声を上げた。

「こっちは俺がおるし、中で聞いとってええで。お前の教え子やろ？」

「俺は大したことは教えてねえし。それよか大事な頼みがあるんだ、夏神さん」

目をパチクリさせた夏神は、海里が真剣な面持ちをしているのに気づき、低い声で問いかけた。

「あの子と、淡海先生のアレか？　何や？」

海里は頷くと、夏神に近づいて身を屈《かが》め、耳元で何かを囁《ささや》きかけた。頷きながら聞いていた夏神は、即座に「わかった」と承知する。

「撤収が終わったら、すぐ準備したるわ。任せとけ」

「サンキュ。そんじゃ俺、中に戻るな」

ホッとしたように海里はそう言い、会場に戻ろうとした。だが扉に手を掛けたとき、ポケットの中のロイドがまた喋《しゃべ》り出す。

『我が主《あるじ》。そのことですが、不肖このロイドにも、お役に立てることがあると存じます』

「え？　マジで？」

海里は扉から手を離し、三歩後ずさる。そして彼は、ロイドの語る提案に耳をそばだてたのだった。


発表会が大成功に終わった後、八人の「お婆ちゃんたち」と海里、夏神、それに淡海は、楽屋でジュースで乾杯した。

しかし、ゆっくりと達成感にひたっている場合ではない。ホールと楽屋の使用期限の午後五時が迫っている。

彼らは淡海の短い挨拶《あいさつ》のあと、ジュースを一息に飲み干すと、まるで城を明け渡す武士のように決然と撤収作業に取りかかった。

そして、すべてが片付いた午後五時過ぎ、一同はホールの前で解散した。

若者ならば、このまま居酒屋へなだれ込んでどんちゃん騒ぎの打ち上げをやるところだが、何しろ朗読劇の出演者たちは皆、立派な高齢者である。

いくら元気だといっても、精魂を傾けた舞台の後は疲労困憊《こんぱい》で、帰宅するのが精いっぱいのありさまだ。打ち上げはまた日を改めて、ということになった。

そこで海里は「ばんめし屋」で、夏神と三人でプレ打ち上げをしようと、淡海を店に誘った。

「うんとお世話になったから、一席設けるってのは大袈裟《おおげさ》でも、僕が、君とマスターを食事にお招きするつもりだったのに」

淡海は戸惑ったが、その準備をするために、夏神は撤収作業後すぐ帰ったのだと海里に聞かされ、それではと申し出を受けた。

「おう、お帰り、イガ。先生も、改めてお疲れさんでした」

店に連れ立って入って来た二人に、夏神は陽気に声をかけた。淡海は、入り口近くで夏神に丁寧に頭を下げる。

「マスター、本当に今日はありがとうございました。設営ばかりか、受付まで。お陰様でみんな、晴れ舞台を踏むことができました」

「そんなもん、どうっちゅうことないです。そない丁寧に礼を言われたら、かえって水くさいですわ。ええから、座ってください」

「じゃあ、お言葉に甘えて」

淡海は、既に箸《はし》とグラスが置かれたカウンター中央の席に座った。

しかし、箸とグラスのセッティングは、二人分である。淡海は不思議そうに夏神を見た。

「僕以外にもゲストが？　それとも、夏神さんか五十嵐君がここに座るの？」

「いえ。まあ、一人前だけっちゅうのも寂しいんでね。さて、お飲み物から伺いましょか。いつもは水か麦茶しか出せへん店ですけど、今日は特別ですわ」

冷たいおしぼりを差し出しながら、夏神はニヤッと笑う。

「じゃあ……小さなグラス一杯だけ、ビールを貰《もら》おうかな。マスターと五十嵐君も、是非」

「ほな、先生に注いだ残りをお相伴します。イガ、お前も」

「はい」

海里はカウンターに入ると、冷蔵庫から自分用のチューハイを出した。そして、缶ビールを淡海と夏神のグラスに注ぐと、自分は缶のまま、チューハイを掲げた。

「ほんじゃ、『劇団ばーさんず』の発表会成功を祝して。かんぱーい！」

「乾杯！」

「乾杯。お二方には、本当にお世話になりました」

三人はグラスを合わせ、それぞれの飲み物をぐっと飲み干して、同時にぷはーっと満足の溜《た》め息をついた。

すっかりくつろいだ様子で、淡海はカウンターに頬杖《ほおづえ》をつく。

「それで、今日は何を食べさせてくれるんだい？」

問われた夏神は、さりげなく一歩下がった。

「今日は、イガが料理をします。俺は早めに帰って、下ごしらえをしとっただけで」

「五十嵐君が？」

「はい。俺が、腕によりを掛けて。っても、すぐ出来ちゃいますけどね」

そう言いながら、海里はカウンターの中に入り、手を洗った。包丁を握ると、さっそく食材を切り始める。

「何を作るのかな。またイタリアン……うっ」

カウンターから身を乗り出そうとした淡海の額をぐいと押し戻したのは、夏神だった。

「料理は完成してのお楽しみですわ。まあ、これでもつまんどってください。夏の名残みたいなもんですけど」

そう言って出したのは、皮を剝《む》いたプチトマトのおひたしである。冷蔵庫でキンキンに冷やし、涼しげな琉球《りゅうきゅう》ガラスの小鉢に盛ってある。

「勿体《もったい》ぶるなあ。期待値が上がっちゃうよ、五十嵐君」

ピックでプチトマトを刺して口に運びつつ、淡海は冗談めかしてそんなことを言う。

ていく。

「任せてくださいよ～。驚かせちゃいますよ」

軽口を返しつつ、海里は数時間前、映像で見たばかりの純佳の料理を、忠実に再現していく。

コンロと調理台の前を数回行き来し、ものの十分ほどで、海里は料理を完成させた。

「お待たせしました。打ち上げ特製メニューです！」

そう言って海里が目の前に置いた料理に、淡海はハッとし、眉《まゆ》を曇らせた。

それは、冷やし中華だったのである。

淡海は狼狽《ろうばい》したように冷やし中華と海里を見比べ、そして恐らくは無意識に、みぞおちのあたりを片手で押さえた。ほっそりした顔から、みるみる血の気が失せていく。

「あ、あのね、五十嵐君。こんなことを言って本当に申し訳ないんだけど、僕、冷やし中華はちょっと……」

「よく見てください」

だが海里は、いかにもやっとの思いで吐き出した淡海の言葉を最後まで聞かず、落ちついた声でそう言った。

「え？」

「冷やし中華、よーく見てください。見覚えがないっすか？」

「見覚え？」

淡海は青ざめた顔で、目の前の冷やし中華に再び視線を落とす。

黄色みを帯びた麵《めん》の上に盛りつけてあるのは、茹《ゆ》でたモヤシ、スライサーで細切りにした胡瓜《きゅうり》、破れて細切れになった薄焼き卵、太さがバラバラのハムである。

さらに具のてっぺんには、まるでクリスマスツリーのように、わざわざ抜き型で作った星形のスライスチーズが飾られていた。

「……あ……」

冷やし中華を凝視していた淡海の顔に、ゆっくりと驚愕《きょうがく》の表情が広がっていく。掠《かす》れた声が、薄く開いた唇から漏れた。

「いがらし……くん、これは」

海里はちょっと不満げに言った。

「わざとヘタクソに作るの、意外と大変なんすよ。なけなしのプライドも傷つくし。言っときますけど、俺、もうちょっとまともに作れますからね？」

「わざとって、だけど君、この冷やし中華は」

「これを、かけてもらえませんか」

海里はそう言って、エプロンのポケットからロイドを取り出し、淡海に差し出した。

訳がわからないという様子で、淡海は力なく首を振る。

「君はいったい、僕に何をしようとしてるんだ」

「いいから。もうひとりのゲストを、ご紹介したいんです」

「もうひとりの、ゲスト？」

「お願いですから、この眼鏡をかけてみてください」

海里は重ねて言った。あまりの真剣さに半ば操られるように、淡海はのろのろと両手でロイドを受け取る。

そして、ゆっくりとセルロイドの眼鏡を鼻の上に載せた。

「隣の席を、見てください」

海里は、箸をセットしてある淡海の隣席を示す。

そちらを見た淡海の口……いや喉《のど》から、笛のような音が漏れた。

彼の隣に座っていたのは、言うまでもなく、純佳である。

さっきロイドは、自分の付喪神《つくもがみ》の妖力を与えることで、霊感のない淡海にも、一時的に妹の姿が見えるようになるのではないかと海里に申し出たのである。

フレームにはまっているレンズはただの度のないプラスチックだが、淡海の目には、確かに妹の姿が見えているようだった。

「すみ……か……？」

死後十三年待って、ようやく兄に気付いてもらえた喜びに、少女の顔が花のようにほころんでいく。

温かな、愛情に満ちた笑顔だ。

だが信じられないというように強張《こわば》った顔の淡海に、海里は静かに告げた。

「よかった。やっと見えたんすね。……妹さんとの大事な思い出メニューを、お作りしました。先生も、覚えてるでしょ？」

淡海は紙のように白い顔で、僅《わず》かに尖《とが》った顎《あご》を上下させる。

「忘れるはずがない。……純佳が死ぬ二ヶ月ぐらい前だ。誰かのお通夜で両親が家を空けて、僕は自分が夕食を用意するつもりだったんだ。だけど純佳が、学校で冷やし中華の作り方を習ったから作ってあげると言い張って、僕に少しも手伝わせてくれなくて。そうだ、冷やし中華を作るのに二時間もかかった」

余計なことを思い出すなと言いたげに、さっきまで笑っていた純佳が、見事な膨れっ面になる。

それを目の当たりにして、淡海は白昼夢を見ているような呆《ほう》けた口調で言った。

「あの夜も、僕がからかうと、お前はそんな顔をしたね。見かけはともかく、味は抜群なんだからって怒ったっけ」

「その夜みたいに、二人で食べてみてください。味までは再現できなかったかもしれないけど、気持ちだけは山ほど込めたから」

そう言いながら、海里は純佳のために割り箸《ばし》を割ってやる。それを受け取り、純佳は先に冷やし中華に箸を付けた。卵のあたりを麺と一緒につまみ上げ、啜《すす》らずに器用に口にたくし入れる。

(あ……ちゃんと食べられた。よかった)

純佳の想いが強いからか、あるいはこの店の特殊な効果があるのか、幽霊が人の食べ物を口にするのを、海里は二度目ながら感動して見つめる。

しかし純佳は不服そうに唇をとがらせ、海里にかぶりを振ってみせた。

「あ？　え？　駄目？　嘘、マジで？　俺、なんかミスった？」

狼狽《うろた》える海里をよそに、淡海は妹に誘われるように、のろのろと冷やし中華を口に運んだ。硬直したままだった顔に、ごく小さな笑みが浮かぶ。

「ああ……。これは駄目だよ、五十嵐君」

「えっ⁉」

「美味《おい》しすぎるんだ。あの夜、純佳が作ってくれた冷やし中華は、麵を茹ですぎていてね。食べるのにちょっと苦労した」

「……うあー、そこまでは！　くそ、しくじったか」

悔しがる海里を見て、純佳はクスクス笑う。ティーンエイジャーらしく表情がコロコロ変わるのが、何とも愛らしい。

淡海も、笑みを深くした。

「だけど、君が上手に作ってくれたおかげで、かえってあの夜の純佳の冷やし中華の味を正確に思い出せたよ。思い出補正が、消え失せた」

「くっそ、それビミョーに嬉《うれ》しくないんですけど。……でも、そのときの会話も、思い出しました？」

海里は探るように問いかけた。淡海は、海里から妹に視線を戻し、首を傾げる。

「あの夜の会話……？　調理実習では、もっと上手にできたって話をしたね。それから、お前が仕事はどうって訊《たず》ねてきて、僕が、〆切《しめきり》が近いのにアイデアが降りてこないんだって弱音を吐いて。会社員で挫折《ざせつ》したのに、小説家でもまた挫折するかもって嘆いたっけ……。ああ、僕はみっともないな。あの夜も、僕は自分の悩みばかりをお前にぶつけてしまった。お前にも、悩みや僕に相談したいことがあったろうに」

甦《よみがえ》った記憶の苦さに、淡海は思わずこめかみに手を当てる。

だが、純佳は箸を置くと、そんな兄の手に、自分の手をそっと重ねた。淡海は信じられないというように、亡き妹の手を握る。

「触れるのかい、お前に。五十嵐君、もしかして、これは君が貸してくれた眼鏡の？」

海里は笑顔で頷《うなず》いた。

「そうです。妹さんは、亡くなってからずっと、そうやってホントは先生の傍にずっといたんです。その理由は……こないだ先生が言ったみたいなことじゃないです。まだ、思い出しませんか？」

「何を……？」

「先生が弱音を吐いたときの、妹さんの言葉。もう一口食ったら、思い出すかも」

「純佳の、言葉？」

淡海は途方に暮れた顔つきで、言われるがままに冷やし中華をもう一口啜る。

純佳も、心配そうに兄の様子を見守っている。

ゆっくりと咀嚼《そしやく》していたものを飲み下してから、淡海は悪夢から覚めたような顔で妹の顔を見た。

「ああ……僕は本当に馬鹿者だ。こんなに大事なことを忘れていたなんて。兄失格だな」

「……妹さんは、何て言わはったんですか？」

黙して事態を見守っていた夏神が、我慢しきれずについ問いかける。

淡海はもう一度妹の冷たい手を取り、微笑みかけた。

「ごめんな、純佳。あのとき、お前は言ってくれたよね。『大丈夫、会社員で挫折しても、小説家で挫折しても、お兄ちゃんはお兄ちゃんだから。また次に、やりたいことを見つければいいだけなんだから』って。お前がそんなに力づけてくれるのに、僕はそれでもまだ不安がったんだ。そしてまた挫折したらって。そしたら、お前は……」

そのとき、純佳はニッコリ笑って、唇を動かした。声はないが、その場に居あわせたすべての人間の耳に……いや、眼鏡の付喪神にも、彼女の言葉ははっきりと届いた。

『お兄ちゃんのことは、私が守ってあげる。ずっと傍で、励ましてあげるよ』

淡海の細い目からはみるみるうちに涙が溢《あふ》れ、痩《や》せた頰を伝い落ちる。

「お前は、死んでも約束を守ってくれていたんだね。十三年も、ずっと。僕と一緒にいて、守ってくれていたんだね。……お前に何もしてやれない、お前に気付いてもやれなかった兄貴なのに」

すまない、すまないと何度も謝り続ける淡海に、純佳は笑いかけた。

兄の手を離し、自由になった手で、兄の濡《ぬ》れた頬に両手で触れる。

『だって、大好きだから』

もう一度、言葉が耳にこだました……と思うと、純佳の姿は呆気《あっけ》ないほど一瞬でかき消えた。

「あ……」

淡海はずり落ち掛けた眼鏡を押し上げ、必死で妹の姿を探そうとする。だが海里は、そんな淡海に告げた。

「妹さん、もう消えちゃいました。けど、消滅したとか成仏したとかじゃなくて」

「ああ……うん」

淡海はゆっくりと眼鏡を外し、海里に差し出した。

「不思議な眼鏡を貸してくれてありがとう。その効果が残っているのかな。妹の姿は消えたけど、不思議とここに、気配が残っている気がする」

そう言って、淡海は自分の胸に手を当てる。海里はしんみりした笑顔で頷いた。

「妹さん、きっと想いを伝えられたから、先生の中に戻っていったんだと思います。いてくれるだけで嬉しい、大好きって気持ちを。でもって、これからもずっと先生と一緒にいるんだと思います」

「だけど、僕は……」

「それに値しなーい、とかいう新たな泣き言は、ナシの方向で！」

海里はきっぱり言い放ち、ロイドをエプロンのポケットに戻してから人差し指をピンと立てた。

「ほら、前に先生が言ったんじゃないですか。守りたい奴がいれば、人は強くなれるって！」

「……あ」

「きっと妹さんにとっては、先生がそういう存在だったんですよ。兄貴としては不本意かもしれないけど、頼りない兄貴を守ることで、妹さんは強く明るくいられたんじゃないですか」

ちょっと得意げに海里に指摘され、淡海は泣き笑いの複雑な表情で、降参だと言うように両手を肩の高さに挙げる。

「実に不本意だけど、どうしようもないほど納得したよ。……でも、これからは、僕の中にいる妹の魂を、僕もまた守ってやりたい」

そう言ってから、淡海は少し考え、また口を開いた。

「五十嵐君、そろそろ秋だけど、また冷やし中華を作ってくれるかい？」

「え？　ああ、いいですけど、でも先生」

「純佳のことを思い出すから、冷やし中華はずっと駄目だったんだ。十三年、口にしてなかった。だけどこれからは大事な思い出の味として、妹と一緒に食べたい」

「いいっすよ！　そんじゃより正確を期して、次は麺《めん》柔らか過ぎでいっときます？」

「いや、それはやめてほしい……と、ここで純佳が憤慨している」

胸に手を当てたまま、淡海は大真面目な顔でそう言った後、プッと噴き出す。

海里と夏神も……そしてポケットの中のロイドも密《ひそ》かに、つられて笑い出した。

そして三人はもう一度、兄妹《きょうだい》の十三年ぶりの「再会」を祝して乾杯したのだった。

＊　　　＊

翌週の月曜日、いつものように昼過ぎに起床し、夏神と共にまかないの親子丼を作って食べた後、さて、今夜の営業に備えて下ごしらえを始めようか……というとき、夏神が戸棚から何かを取り出した。

「イガ。これをな、お前にと思うて」

そう言って夏神が海里に差し出したのは、うすべったく細長い箱だった。リボンこそないが、渋い色の包装紙で綺麗《きれい》にラッピングしてある。

「俺にくれんの？　なんで？　俺の誕生日、今日じゃないけど？」

「ん……まあ、アレや。たまには、師匠が弟子にプレゼントしてもええやろ。つべこべ言わんと受け取れや」

困惑する海里に向かって、夏神は包みをさらに突きつける。海里は、おずおずとそれを受け取った。

「……んじゃまあ、貰《もら》うけど。でも、意味わかんねえ」

「ええねん。発表会もろもろお疲れさんのご褒美やと思うとけ」

夏神は強い口調でそう言った。海里はまだ首を捻《ひね》りながらも、興味津々で包みと夏神の顔を見比べる。

「夏神さんにご褒美貰うのも変な気がするけど……まあいいや。開けてもいい？」

「おう、開けろ。すぐ開けろ」

あとで思えばそれは照れ顔だったのだが、夏神がどうにも奇妙な顰《しか》めっ面《つら》で頷いたので、海里はますます戸惑いながらもラッピングを丁寧に剝《は》がし、意外としっかりした紙箱の蓋《ふた》を開けて、目を見張った。

箱の中に入っていたのは、料理用のペティナイフだったのである。

刃から柄まで一体型で成形されたステンレスのペティナイフには、二人の人間が並び立つ、特徴的なロゴマークがクッキリとプリントされている。刃渡りは、十二、三センチメートルといったところだろうか。

「これツヴィリングの奴じゃん！　すっげえ高かったんじゃない？」

驚く海里に、夏神は顰めっ面のまま器用に笑った。

「おう、まずまず高かったで。どうせやるなら、とびきり使いやすうて長う保《も》つもんがええ。せやから奮発した。お前もそろそろ、自分の包丁を持ってええ頃やしな」

「うわあ……」

注意深く箱からペティナイフを取り出し、左右非対称の持ちやすいグリップや、薄くて鋭利な刃を惚《ほ》れ惚《ぼ》れと眺めていた海里は、ふと怪訝《けげん》そうに夏神を見た。

「だけど、なんで普通の包丁じゃなくて、ペティナイフ？」

すると夏神は、笑顔を微妙に意地悪方面にシフトした。

「そら、腕前が半人前やったら、包丁も半人前っちゅうことやな」

「うっ」

「半分ホンマの半分冗談や。包丁は、でかくて重うて色々種類があって、使うんも手入れすんのもコツがいる。せやけどペティナイフやったら、そのあたりが簡単やろ」

「それはそうかもだけど」

「それに、お前が思うより、ペティナイフは使える奴やで。たいていのことは、こいつ一本でどうにかなるもんや。今から使うて、試してみ」

なるほど、と海里はペティナイフを右手で持ち、小さく頷《うなず》いた。

軽くて小さなペティナイフは、確かに包丁よりずっとしっくり海里の手に馴染《なじ》む。

夏神は弟子のために、今の彼に最適な「武器」を見繕ってくれたのだ。

海里はペティナイフのグリップを何度か握り直し、はにかみながら礼を言った。

「なんか……照れ臭いけど、ありがとな、夏神さん。大事に使う」

「おう、そうせえ。しばらく使うたら、次は研ぎ方を教えたるからな」

プレゼントをした師匠もされた弟子も照れ気味で、どうにも空気が落ち着かない。

「そ、そんじゃ早速、試し切りといきますか」

ナイフを自分の作業スペースに起き、そそくさと冷蔵庫の前へ移動した海里のエプロンのポケットから、眼鏡姿のロイドが弾んだ声を上げる。

『いやはや、素晴らしい師弟愛ですなあ。師が弟子に贈り物とは、実に麗しい』

「……何か言いたいことがあるなら、はっきり言え」

ロイドがそういう物言いをするときには、必ず主張したいことがある。数ヶ月の付き合いでそれを把握しつつある海里は、ゲンナリした顔つきで促した。

するとロイドは、ますます声のトーンを跳ね上げる。

『わたしは、ただ感服いたしておりましただけで。しかしながら、師から弟子への贈り物があるなら、主《あるじ》から従者への贈り物があっても……よいかもしれませんねえ』

海里は冷蔵庫から取りだした大きなアルミのバットをまな板の上に置き、シンクで手を洗いながら、ポケットを呆《あき》れ顔で見下ろした。

「何だよ、それ。俺からお前に何かプレゼントしろって?」

『いえいえ、贈り物をしろなどと、そのようなおこがましいことは申しませんよ』

「自発的にしろってことかよ。つか、前に眼鏡スタンド買ってやったろ?」

『あれは、わたしのためと申しますより、我が主がわたしの置き場所を失念なさらないための小道具でございましょう』

「くっそ、ああ言えばこう言う眼鏡だな、ったく！　じゃあ、何がほしいんだよ⁉　レンズはもう入れたし、柔らかくていい眼鏡拭《ふ》きも買ったたし！」

バットから大きなアジを出し、貰ったばかりのペティナイフでさばき始めながら、海里は悪態をつく。

言葉は不機嫌そうだが、そのシャープな顔には、楽しげな笑みが浮かんでいた。

ナイフは驚くほどスムーズに、アジの硬い骨の上を滑り、するすると身を剝がしていく。刃渡りが短いので実に使いやすく、力加減も調節しやすい。

なるほど、ロールプレイングゲームの主人公が、まずは「木製の棒」を武器に修業を始めるように、料理人も「小さなナイフ」から始めるべきなのかもしれない。

「で？　何かほしいものがマジであんのかよ？」

再度問われて、ロイドはやけに歯切れの悪い口調で答えた。

『それが……そのう、まことに僭越《せんえつ》な高望みとは存じますが……』

「高いもんは買えねえぞ？」

『最近では、福澤諭吉《ふくざわゆきち》翁をひとりと、野口英世《のぐちひでよ》先生を数人費やすことで購《あがな》えると聞き及んでおります』

手を止め、天井を仰いで数秒考えてから、海里は渋い顔でロイドを睨《にら》む。

「それ、一万円ちょいするってことじゃねえかよ。割と高いだろ！　でもまあいいや、聞くだけはタダだしな。何がほしいんだよ？」

するとロイドは、声だけでなく、眼鏡本体をポケットの中でもじもじとさせながら、思いきったようにこう答えた。

『実はわたし、一度でいいので、眼鏡をかけてみたく存じます』

「は!?」

夏神と海里の声が、見事にハモる。

『ですから、わたしは自分自身が眼鏡でございまして』

「それは嫌ってほど知ってる」

海里のツッコミにもめげず、ロイドは必死で話を続けた。

『ところが、わたしが人間の姿になりましたときに、わたしがかけられる手持ちの眼鏡がないのでございます。これは実に残念なことでございます。眼鏡として、眼鏡をかけるとはどのような感覚なのかを味わってみたいと、常々思っておりました』

夏神と海里は、思わず顔を見合わせる。夏神は腕組みして、やけに感心した様子で言った。

「なるほどなあ。確かにそうや。ははは、眼鏡が眼鏡をかけるか。こらおもろいな。おい、イガ。買《こ》うたれよ。金が足りんのやったら、俺が足したるし」

「いやいや、眼鏡を買うくらいの金はあるよ。夏神さんにちゃんと給料貰ってんだし。そっか、眼鏡かあ。なんか変な話だけど、まあいいや。ほんじゃ店の準備が終わったら、眼鏡を買いに行くか」

『本当でございますかっ⁉』

いつにないテンションで声を弾ませるロイドに、とうとう海里も笑い出してしまった。

「そんなに喜ぶのかよ。ったくもう、変な眼鏡だな、お前。つか、明るいうちだから、俺がかけてみて、お前が自分の顔でイメージして選ぶってことでいいよな？」

『ええ、それはもう、まことに結構でございます。我が主は美男子でいらっしゃいますからね。人間の姿になったときのわたしの代理としては、十分でございます』

「あっ、てめえ、今さりげなく、すんげえ上から目線で俺を褒めたな！」

『いえいえ、そのような』

「嘘だ！　絶対今のは、自分のほうが男前だけど、俺で妥協するってニュアンスだった！」

『妥協などと、とんでもございません。十分納得のゆくモデルでいらっしゃると申し上げましただけで』

「それが上からだっつーの。ご主人様が送迎の足とモデルまでやってやろうってんのにさ！」

『甲斐甲斐《かいがい》しい主を持ち、わたしは好運な眼鏡でございますねえ』

「くううう」

相変わらず賑《にぎ》やかな弟子とその「しもべ」のやり取りを聞きながら、夏神は呆れ顔で苦笑いした。

そして、「眼鏡屋行くんやったら、はよ仕事片付けてしまえ」と海里に声をかけ、軽快な音を立ててタマネギを刻み始めた……。

エピローグ

優しい風が、頬を撫《な》でる。

エアコンや扇風機のような、機械が送り出してくるどこか硬質な風ではなく、もっとふんわり柔らかな、冷たすぎない風だ。

頭は数分前に覚醒《かくせい》を始めていたのだが、その風があまりにも心地よくて、本格的に目覚めてしまうのがどうにも惜しい。

海里は目を閉じて眠りの世界に片足を残したまま、絶妙なまどろみを楽しんでいた。

だが、彼の理性がふと、「おかしいぞ」と軽い警告を発する。

顔に当たる風が、やけに均一、そして規則的なのだ。

一定の間隔で、同じ強さの風が吹いてくる。しかも、頭のほうから風が来たら、次は必ず足元からである。

(あれ？　ああ、俺は扇風機つけっぱなしで寝ちゃったのか)

そう思って一度は納得したきっかり十秒後、「俺は扇風機なんか持ってない」という自分自身へのツッコミで、彼はとうとう目を覚ました。

自分しかいないはずの狭い室内、しかも布団のすぐ脇に座っている人影があったのである。
右側に顔を向け、海里は掠《かす》れた驚きの声を上げた。
呻《うめ》きながら、窓から差し込む日光を額に手をかざして遮る。そのまま風が来る自分の
「……うう〜ん」

「うわっ！」

すわ泥棒かと、海里は瞬時に跳ね起き、片膝《かたひざ》を立てて身構える。

だが、すっかり明るさに慣れた目に映ったのは、畳の上に正座した初老の白人男性の
姿だった。撫で肩と、ツイードのほどよく着慣れたジャケットが印象的だ。

言うまでもなく、ロイドである。

しかもその手には、先日、海里が郵便局でもらった団扇《うちわ》があった。

「ロ、ロイド!?　嘘だろ」

海里は脱力して、ヘナヘナと布団の上に座り込んだ。しかしその顔には、驚きの色が
残ったままだ。

だが一方のロイドは、いつものやわらかな笑顔で海里に朝の挨拶《あいさつ》をした。

「まだ、おはようございますと申し上げられる時刻ですね、我が主《あるじ》。いつもより随分と
早いお目覚めで」

「いや……だってほら、お前」

海里は窓の外を指さして、夢でも見ているような顔で問いかける。

「お前、どうしたんだよ？　まだ昼間だぞ！　なんで人間の姿になれてんだ？」

するとロイドは、あっけらかんと答えた。

「は、それが……でございますね。先ほど、我が主があまりにも寝苦しそうにしておられるのを見て、『ああ、今このとき、人の姿になれさえすれば』と念じましたら、なれてしまいまして」

「なれてしまいましてって、突然にか？」

「はい。おそらく、我が主とわたしの絆《きずな》が強くなった証《あかし》かと！」

「え……そ、そういうもんなの？」

「はい、おそらくは！」

晴れ晴れした顔で、ロイドは頷《うなず》く。海里は曖昧《あいまい》に首を振った。

「マジか……。で、その団扇は？」

「はい、晴れて明るいうちから人の姿になれましたので、我が主を早速扇いで差し上げ、少しでも心地よい眠りをと努めておりました」

ロイドはちょっと自慢げに、団扇を掲げてみせる。感謝するより呆《あき》れてしまった海里は、「あー……」と間の抜けた声を出した。

「確かに、寝てても風を感じた」

「如何《いかが》でしたか？　前の主には、喜んでいただいたものでございますが。お目覚めになってしまったということは、いささか強すぎましたでしょうか」

「や、すっげえ気持ちよかった」

「それはよろしゅうございました！」

ロイドはとても嬉《うれ》しそうな声を上げたが、自分よりずっと年上に見える……いや、実際に百年近く生き延びてきた眼鏡に奉仕させてしまったことに、何となく罪悪感を覚える海里である。

「確かに気持ち良かったけど、お前を扇風機代わりにするつもりはねえよ。俺が寝てるときは、お前も寝ろよ。いや、俺が起きてるときだって、別に寝ていいんだし」

寝乱れた髪を手櫛《てぐし》で整えながら気まずそうにそう言った海里に、ロイドは彫りの深い顔をほころばせた。

その慈愛に満ちた笑みに、海里は不気味そうに顔をしかめる。

「あ？　何だよ、その顔」

するとロイドは、団扇を畳にそっと置き、両手を腿《もも》の上にきちんと置いた。そうして居住まいを正し、まるで武士のような一礼をする。

「ありがとうございます。よい主に恵まれ、わたしは幸せな眼鏡でございます」

「な……何だよ大袈裟《おおげさ》に」

「我が主は、いつもわたしを気遣ってくださいますから」

「別に気遣ってなんか」

「いいえ。たとえばお仕事中、わたしをエプロンのポケットにお入れになるときも、決して火に当たらない低い場所にある、深いポケットに収めてくださいます」

海里は布団の上に胡座《あぐら》をかき、ムスッとした顔のまま窓のほうを向いてしまう。

「そ……そりゃアレだ。セルロイドは火気厳禁なんだろ？　お前が燃えてギャーギャー叫んでるとことか、想像したらただの地獄絵図じゃねえか。お前がどうこうじゃなくて、俺がそんなのめんどくさくて嫌なだけだよ」

海里はつっけんどんに言い返したが、それがただの照れ隠しであることは、そっぽを向いた顔が耳まで赤いことでロイドには容易に知れてしまう。

「さようで。ですが、我が主はさらに、わたしに贈り物を……」

「あっ」

それを聞いて、海里はハッとした様子でロイドに向き直った……と思いきや、そのまま枕元のスマートホンを手に取り、液晶を操作する。

「やっぱそうだ。眼鏡が仕上がるの、今日じゃん！」

「おお！　まことでございますか！」

ロイドは知的な顔を、子供のように輝かせる。海里も、明るい声で言った。

「うん。曇り止め加工つけたら十日かかるって言われたからな。今日だよ」

「おお……では仕込みのお仕事が終わった頃にでも……」

「いいや、まだ昼前だし、眼鏡屋はスクーターで行けばそんなにかかんないし、今からなら、夏神さんが起きるまでに行って戻ってこられるだろ」

「今からでございますか？」

「うん。善は急げって言うじゃん。それにホラ、先週、注文するときは俺が使うって体《てい》で眼鏡を注文したけど、お前が昼間に人間の姿になれるんなら、今日は、実はこの人が使うことになりましたって言って、お前が合わせてもらえばいい」

「おお！」

「眼鏡は、細かく調整してもらわないと気持ち良くかけらんないからな。俺も、まだ裸眼でいけるけど、伊達《だて》眼鏡をかける仕事が多かったからわかるんだ。お前なんて、それこそ自分が眼鏡なんだから、そのあたりは百も承知だろ」

　ロイドはこくこくと頷く。

「ええ、ええ！　勿論《もちろん》でございます。では……」

「すぐ用意すっからちょい待ってな。あ、メットが一つしかないから、行き帰りは眼鏡になれよ。変身は、駐車場で誰にも見られないようにな」

　そう言いながら、海里は小さくジャンプするように勢いよく立ち上がり、いそいそとTシャツとハーフパンツを脱ぎ捨て、ワークシャツとジーンズに着替え始める。

　そんな海里の姿を惚《ほ》れ惚《ぼ》れと眺め、端整な英国紳士姿の「眼鏡」は、「やはりわたしは、よい主に恵まれました」と微笑んだのだった。

ばんめし屋のまかない酢豚 レシピ

どもー、五十嵐です！　今回は俺が、酢豚のレシピを紹介しちゃいます。ただし、お店で出す奴は夏神さんが作るから、俺が教えるのは、まかないのほう。フライパン1つと電子レンジで簡単に作る、揚げ油を使わないお手軽バージョンだから、是非試してくれよな！

★材料（たっぷりの2人前）

豚肉薄切り	300g（切り落としで十分！）
タマネギ	1つ
人参	1本（大きかったら1/2本で）
ピーマン	1〜2つ
椎茸	3〜4枚

豚肉用調味料

酒・醬油	各小さじ1
生姜すり下ろし	少々（チューブだったら1センチくらいでOK）
片栗粉	大さじ2くらい

甘酢あん用調味料

水	150cc
酢	大さじ2
砂糖	大さじ2
ケチャップ	大さじ2〜3
醬油	大さじ1
鶏ガラスープの素（顆粒タイプ）	小さじ1
片栗粉	大さじ1

甘さが出るので、各自調節！

あと、タケノコ水煮とパイナップルはお好みで！
俺はタケノコだけ入れる派！

★作り方

❶まずは、豚肉薄切りを3センチ幅くらいに切って。適当でいいよ。切り落としなら、切らなくても大丈夫かも。酒と醬油と生姜をよく揉み込んだら、控え目な一口大のボール状にまとめよう。あんまり張り切って大きくすると火が通らないから気をつけて！　コロコロ丸めたら、片栗粉をまぶして、フライパンで焼こう。油は、肉の脂身が多めなら控えめ、赤身ならちょっと多めに入れて、表面がカリカリするまで中火〜弱火でじっくり転がしながら焼いてくれよな。

❷次に人参の皮を剝いて、小さめの一口大に乱切り。で、大きめの耐熱容器に入れて、ちゃっちゃっと水を振りかけ、ラップフィルムをふわっとかけて電子レンジで3分加熱。

❸時々肉の面倒を見ながら、タマネギ、ピーマン、椎茸を人参と同じくらいのサイズに切って、加熱した人参の上に重ねよう。で、さらに電子レンジで2分加熱。

❹肉が焼けたら、ちょっと皿に取っておいて。紙を敷くと、余分な油が吸収されていい。フライパンの油も軽く拭き取って、そのまま野菜を全部炒めちゃおう。タケノコやパイナップルを入れるときは、ここで合流させて。ざっと強火で炒めたら、こちらも取り出しておこう。

❺あん用の調味料は全部合わせてよくよく混ぜてから、野菜を取り出した後のフライパンにジャッと流し込もう。しばらく混ぜてると突然とろみがつくよ。しばらく混ぜ続けて、しっかり火を通そう。あれば、仕上げにちょっとだけごま油をたらしても、あんに光沢と風味が出ていい感じになるよ。

❻十分火を通したあんに、肉と野菜を戻して絡めたら完成！

おまけ

中華コーンスープ

鶏ガラスープの素を無駄にしないように、付け合わせに超簡単なスープも作ろう。

★材料（4人前くらいできます）

コーン缶（クリームタイプ）	200gくらいのものを。	卵	1つ
鶏ガラスープの素	小さじ2	片栗粉	小さじ1
生姜すり下ろし	少々（チューブなら2センチくらい）		

★作り方

鍋にコーン缶の中身＋缶で2杯分の水、鶏ガラスープの素、生姜を入れて火にかける。

味を見て、鶏ガラスープの素の量は微調整して。

沸騰したら、少量の水で溶いた片栗粉を流し入れてよく混ぜ、とろみをつける。

で、仕上げに溶き卵を細く注ぎ入れて、ふんわり固まったら完成！

酢豚の残り野菜……椎茸なんかを入れても、豆腐や粒コーン、刻み葱を入れても旨いよ！

イラスト／緒川千世

本書は書き下ろしです。
この作品はフィクションです。実在の人物、団体等とは一切
関係ありません。

最《さい》後《ご》の晩《ばん》ごはん

小説家《しょうせつか》と冷《ひ》やし中華《ちゅうか》

椹野道流《ふしのみちる》

平成27年 1月25日　初版発行
平成27年 5月30日　5版発行

発行者●郡司 聡

発行●株式会社KADOKAWA
〒102-8177　東京都千代田区富士見2-13-3
電話 03-3238-8521（カスタマーサポート）
http://www.kadokawa.co.jp/

角川文庫 18974

印刷所●株式会社暁印刷　製本所●本間製本株式会社

表紙画●和田三造

ISBN978-4-04-102057-9　C0193